LITERATURA OU MORTE
COMPANHIA DAS LETRAS

LEANDRO KONDER

A morte de
Rimbaud

Capa
Marcelo Serpa

Projeto gráfico
Raul Loureiro

Revisão
Ana Maria Alvares
Beatriz de Freitas Moreira

Dados Internacionais de Catalogação na Publicação (CIP)
(Câmara Brasileira do Livro, SP, Brasil)

Konder, Leandro, 1936–
A morte de Rimbaud / Leandro Konder. — São Paulo : Companhia das Letras, 2000

ISBN 85-7164-982-0

1. Ficção policial e de mistério (Literatura brasileira) I. Título.

00-0807 CDD-869.93

Índice para catálogo sistemático:
1. Ficção policial e de mistério : Literatura brasileira 869.93

[2000]

EDITORA SCHWARCZ LTDA.
Rua Bandeira Paulista 702 cj. 32
04532-002 — São Paulo — SP
Telefone: (11) 3846-0801
Fax: (11) 3846-0814
e-mail: editora@companhiadasletras.com.br

Perseus brauchte eine Nebelkappe zur Verfolgung von Ungeheuern. Wir ziehen die Nebelkappe tief über Aug' und Ohr, um die Existenz der Ungeheuer wegleugnen zu können.

[*Perseu precisava de um capacete para perseguir os monstros. Nós, puxando o capacete para baixo, cobrimos os olhos e os ouvidos, para podermos negar a existência dos monstros.*]

Karl Marx, *O capital*, prefácio da primeira edição

Sumário

Segunda-feira

My heart suspects more than mine eye can see.
[*Meu coração suspeita que há mais do que os meus olhos podem enxergar.*]

Shakespeare, *Titus Andronicus*, II, 3, fala de Quintus

SDRUWS:

A viagem, como era fácil de prever, foi desagradável. O ônibus atrasou, como sempre, e veio apinhado. Pessoas barulhentas, falando pelos cotovelos. Um grupo de cinco jovens cantando musiquinhas pobres com letras indigentes. Uma família de anões, ou quase anões, carregando uma bagagem descomunal em malas maiores do que as criaturas que as transportavam. Duas crianças tiveram enjôo e vomitaram ruidosamente, nos braços de pais que oscilavam entre a repugnância e a resignação. No banco logo atrás do meu, um senhor gordo com aparência de palhaço aposentado dormia e roncava forte, num ritmo surpreendentemente irregular. E, ao meu lado, uma jovem de cara sorumbática se coçava e exalava um mau cheiro que devia ter sido cultivado ao longo de muitos dias sem banho.

Nas duas viagens anteriores que já fiz para vir à Guariroba, o ônibus também estava lotado. É evidente que a demanda não se satisfaz com uma única viagem diária de ida e volta entre a capital e a Guariroba. Por que a empresa concessionária não faz um pequeno investimento, com certeza lucrativo, e põe outro ônibus no serviço, programando mais uma viagem? Depois da segunda experiência, procurei me informar e soube que a empresa pertence a um família de crápulas que prefere especular e investir tudo em operações financeiras, o que dá muito mais dinheiro do que a concessão para explorar a linha de ônibus.

Desci na estação rodoviária — na verdade, uma espécie de barracão com uma pequena banca de jornais e uma lanchonete repelente. A sede me obrigou a entrar na lanchonete. Pedi uma garrafa de água mineral e vi quando a jovem de cara sorumbática engoliu sem hesitação o conteúdo de meio copo de cachaça. Eram onze horas da manhã, a fome estava chegando, mas as ofertas do balcão não tinham um aspecto nada animador, sobretudo quando se percebia que a comida seria servida por um rapaz cujas unhas estavam de luto já fazia provavelmente mais de uma semana.

O motorista do ônibus era o mesmo da viagem que fiz um mês atrás. Para minha surpresa, ele me reconheceu. É um mulato atarracado, de cabelo oxigenado. Perguntou se eu ia voltar para a capital com ele ainda hoje, às quatro da tarde, tal como da outra vez, quando voltei no mesmo dia. Fiz um sinal negativo com a cabeça, sem dar muita conversa ao cidadão, e saí.

Caminhei pela rua principal e virei à direita no caminho indicado pela placa "Grand Hotel de Combray". Ao subir a ladeira, me dei conta de que a minha maleta era mais pesada do que eu supunha. A ferida na ilharga estava doendo, embora já tenha cicatrizado há pelo menos duas semanas. Passei pela ponte sobre o riacho e cheguei à pracinha em frente ao hotel. Uma sensação de alívio sublinhou minha percepção de que dentro de alguns minutos eu tomaria uma boa ducha e em breve estaria almoçando.

Cheguei à recepção e logo me defrontei com Saint-Ex, que estava repreendendo um funcionário, mas interrompeu o pito para vir ao meu encontro.

SAINT-EX:

Sdruws chegou, afinal. Tenho uma grande dificuldade para controlar minha antipatia por ele. E sei que ele percebe isso. Em todo caso, procurei recebê-lo muito educadamente e cumpri as ordens do patrão: instalei-o num dos melhores quartos do prédio principal e me coloquei ao seu dispor para colaborar na investigação.

Tudo isso é profundamente desagradável. Já disse ao patrão tudo o que achei que devia lhe dizer. Dei a minha opinião, não adiantou nada. Só me resta obedecer às instruções recebidas. Sdruws tem carta branca. Mas não vai ser fácil para mim aceitar ser comandado por ele.

Às vezes, chego a desconfiar que o patrão está gagá. É possível que mesmo antes de ganhar na loteria ele já estivesse meio maluco. Que homem mais esquisito! A paixão dele pela literatura nunca foi normal. Como se explica que um grande empresário passe os fins de semana sistematicamente mergulhado numa imensa biblioteca, sem querer tomar conhecimento de nenhum assunto das empresas, sem atender a nenhum telefonema de trabalho, sem admitir que o procurem para falar de negócios?

E essa loucura de empregar o dinheiro da loteria na criação desse clube, dessa associação, desse bando, sei lá eu... enfim, dessa quadrilha de "anjos" parasitas?! Eu seria cego se não enxergasse o oportunismo dos quatro velhotes (até há pouco eram cinco). Pensam que, por serem escritores, merecem ser sustentados pelo patrão e esperam que todos se sintam muito honrados pelo privilégio de servi-los.

Podem disfarçar o quanto quiserem, podem iludir quem não os conhece no dia-a-dia, mas o convívio cotidiano com eles me permitiu perceber todo o egoísmo, toda a mesquinhez desses pretensos "artistas". De fato, eles odeiam a humanidade. E, naturalmente, se odeiam uns aos outros. É possível, portanto, que um dos quatro tenha, na realidade, matado o quinto elemento da gangue. O patrão acha que a morte do sujeito não foi um acidente. Vamos esperar a conversa com Sdruws, depois do almoço, para saber em que se baseiam exatamente as suspeitas de que houve mesmo um assassinato.

SDRUWS:

Saint-Ex é, sem dúvida, uma figurinha deletéria: pequeno por dentro e por fora. Como diriam os antigos romanos, "parvus ac pravus", pequeno e perverso. No entanto, sua perversidade não é profunda; e, por conseguinte, sua periculosidade não chega a ser preocupante. São patéticos os seus esforços no sentido de disfarçar as evidências de que me detesta. Também não gosto dele, mas jamais lhe faria a homenagem de odiá-lo. Sem falar nas cartas anônimas, expliquei-lhe a situação, e acho que o homenzinho compreendeu. Esclareci para ele a tarefa de que fui incumbido: devo verificar se houve crime e, em caso afirmativo, descobrir e prender — se possível, sem escândalo — o culpado. Em nome da sua lealdade ao patrão, assegurou que faria o possível para me ajudar.

Depois de duas horas de conversa, Saint-Ex desistiu

da postura discreta que inicialmente procurava manter e deixou transparecer seu ressentimento em relação aos anjos. Como conheço os quatro — aliás, conhecia os cinco —, sei que nenhum deles está sendo vítima de críticas injustas nos comentários azedos do gerente do hotel.

Por um momento, imaginei-me no lugar de Saint-Ex, obrigado a conciliar a responsabilidade da gerência do estabelecimento, atendendo aos hóspedes normais, com a tarefa de proporcionar um atendimento especial gratuito aos hóspedes dos cinco bangalôs, servindo-se de uma contabilidade à parte, utilizando recursos diretamente proporcionados pelo patrão. De um lado, uma atividade comprometida com o objetivo essencial do lucro; do outro, uma prática absurdamente assistencial. Ambas se acotovelando, promiscuamente.

O velho Bergotte, o patrão de Saint-Ex, é com certeza uma das personalidades mais bizarras que já conheci. Hoje, com mais de oitenta anos, tem muita dificuldade para se locomover e evita sair de casa. Passa a maior parte do tempo fechado em sua magnífica biblioteca particular, mas não deixa de acompanhar o andamento das atividades de suas duas enormes empresas na capital: durante a semana, no final da tarde, recebe relatórios e se reserva o poder de tomar decisões, após ouvir os gerentes e analisar os papéis. Uma vez por mês, ouve também Saint-Ex, que vai à capital para lhe prestar contas do que se passa com o hotel.

Embora tenha por norma não confiar cegamente em ninguém (e talvez por isso nunca tenha se casado ou constituído família), o milionário Bergotte gosta de ver pessoas circulando à sua volta (de preferência sob seu comando). Sinto que há algo de inexplicável em sua paixão pela literatura francesa. Só não sei, ainda, se é algo positivo ou negativo.

Quando o conheci, há três anos, ele tinha ganhado uma quantia considerável na loteria e acabara de fundar a Associação Nacional dos Grandes Escritores. Entronizou-se como presidente vitalício da entidade e nomeou seus membros: cinco escritores que, conforme a sigla da organização, ANGE, passaram a ser chamados de "anges" ou, em português mesmo, "anjos".

Os anjos passaram a receber uma pensão bastante expressiva durante dez anos e ganharam tratamento de primeira categoria no Grand Hotel de Combray. Sobre a porta de cada um dos bangalôs reservados para eles, foi posta uma placa com os versos do poeta Max Jacob:

Il se peut qu'un rêve étrange
vous ait occupé ce soir:
vous avez cru voir un ange
et c'était votre miroir.

(Numa tradução pobre, em prosa: Pode ser que um sonho estranho lhe tenha acontecido esta noite: você pensou que estava vendo um anjo e era só o seu espelho.)

A bolsa concedida aos cinco anjos não implicaria nenhuma contrapartida. Eles não estariam obrigados a apresentar "produção". Como dizia o mecenas, era apenas um "apoio material à criação literária"; pressupunha nos escritores um talento e uma forte vontade de escrever que mereciam ser estimulados. A única exigência era a de que deveriam morar nos cinco bangalôs especiais ligados ao Grand Hotel de Combray. Comprometiam-se a passar onze meses por ano no local designado e tinham férias remuneradas de um mês — na França, é claro.

Bergotte, na época da criação da ANGE, ainda se locomovia com algum desembaraço e visitou pessoalmente uns setenta ou oitenta escritores; entrevistou-os, leu alguns dos escritos por eles publicados e, segundo sua versão, selecionou "os melhores". Há quem diga, entretanto, que na realidade os cinco felizardos escolhidos foram aqueles que, espertamente, exploraram a paixão do doador pela literatura francesa e exibiram maiores afinidades (reais ou fingidas) com autores venerados por Bergotte.

O mecenas, aliás, aproveitou a situação para pespegar apelidos sintomáticos em seus protegidos. Cláudio Nicodemo da Silva passou a ser chamado afetuosamente de Claudel. Mauro Teodoro dos Santos Oliveira, com o prenome adaptado à pronúncia francesa, "Maurô", virou Malraux. José Tibúrcio Gonçalves Aragão se transformou em Aragon. João Carlos Suslov, que pelo sobrenome tinha sido apelidado "o Russo" por seus companheiros de bar, tornou-se "Russô", quer dizer, Rousseau. E Severino Cavalcante, que freqüentava uma academia de musculação e era brincalhonamente chamado de "Rambo" pelos ginastas ("Rambô", na forma afrancesada), ficou sendo Rimbaud enquanto viveu.

Sdruws, afinal, apareceu. Saint-Ex já havia me prevenido de que eu devia estar preparado para alguns aborrecimentos. O homem tem o dom de incomodar com sua simples presença. Veio falar comigo e fez as perguntas óbvias. Onde eu estava na hora em que Rimbaud caiu (ou foi empurrado) do belvedere da cachoeira? Quem estava comigo e podia confirmar a informação? O que sei a respeito do acontecimento? Disse-lhe que não tinha álibi, estava sozinho no meu bangalô, e esclareci que tudo o que sabia estava registrado nos autos do inquérito instaurado pela polícia.

Sugeri-lhe que ouvisse Rosinha, a lavadeira, que estava na parte de baixo da cachoeira quando Rimbaud caiu; foi ela quem, aos gritos, deu o alarme que nos mobilizou a todos e levou Saint-Ex a chamar a ambulância e depois a polícia.

Sdruws tem características de uma extrema vulgaridade. Ofereci-lhe uma cadeira, mas ele preferiu permanecer de pé, caminhando devagar de um lado para o outro, à minha frente, com as mãos enfiadas nos bolsos da calça, discorrendo sobre a possibilidade de que Rimbaud tenha sido assassinado. A camisa de manga comprida tinha um pequeno furo no cotovelo do braço direito. O colarinho estava puído. Os sapatos, cambados e largos, não viam uma cera fazia alguns anos. O cabelo, despenteado e mal cortado, traía a mão de algum aprendiz de barbeiro suburbano, em fase de iniciação. Quando notei que ele estava se alongando muito em sua fala, perguntei-lhe: "De onde vem esse estranho nome — Sdruws —, que tem cinco consoantes e apenas uma vogal?".

O sujeito ficou visivelmente desconcertado, não respondeu e foi embora.

SDRUWS:

O melhor negócio do mundo seria, sem sombra de dúvida, comprar esse megalomaníaco do Claudel pelo que ele vale e vendê-lo pelo que ele pensa que vale. Ao longo dos últimos três anos, aprendi a lidar com o tipo: quanto menos ele souber a respeito do que estou fazendo, melhor. Por isso, falo muito e, afinal, não digo nada. Isso o deixa bastante irritado.

É claro que vou conversar com a Rosinha, estou esperando que ela saia da lavanderia do hotel. Preciso ouvi-la, preciso ouvir uma porção de gente. Preciso descobrir quem mandou as tais cartas anônimas com palavras recortadas de jornal, uma para Bergotte, a outra para o delegado de polícia.

Bergotte me arranjou uma xerox do inquérito (não sei como ele a conseguiu); estudei-a com atenção. Examinei minuciosamente o laudo de exame cadavérico, a autópsia: o sujeito vestia uma blusa azul de manga comprida, uma calça preta, sapatos e meias pretos; usava um relógio de ouro e não tinha arma com ele, nem arma branca, nem arma de fogo. Na queda, sofreu fraturas diversas, entre as quais a que o matou: a fratura da caixa craniana. Na unha do polegar da mão direita havia uma pequena mancha de sangue. Estava com o estômago vazio e tinha indícios de ter consumido uma pequena quantidade de cocaína.

Em seu depoimento no inquérito, Rosinha disse que ao meio-dia, antes do almoço, saiu do hotel e desceu pelo caminho que leva ao pequeno lago formado pela água da cachoeira. Ia buscar umas flores. De repente, ouviu um grito, um palavrão, olhou para cima, de onde vinha o grito, e viu alguma coisa que estava caindo. Era um corpo humano, o corpo de Rimbaud. Ouviu o baque surdo da queda nas pedras, a cerca de vinte metros do lugar onde estava. Ficou muito assustada, confusa. Deu alguns passos em direção ao hotel, mas resolveu voltar e se moveu em direção ao corpo caído. Aproximou-se, viu o sangue, teve a impressão de que o homem estava morto e entrou em pânico: saiu correndo, aos gritos.

Ainda no depoimento, Rosinha respondeu a perguntas que lhe foram feitas por um investigador e pelo próprio delegado. Não se lembrava de ter olhado para cima ao chegar perto do corpo; talvez tivesse olhado de relance, mas não viu ninguém na murada do belvedere. Pode ser que o falecido estivesse sozinho, mas não pode afirmar isso com certeza, porque lá de baixo não se enxerga o espaço do "varandão". O palavrão gritado no momento inicial da queda foi "filho da puta!" e a depoente não tem a menor idéia do que isso queria dizer, naquelas circunstâncias. Acha muito improvável que o falecido tenha se suicidado. Admite a hipótese de ter ocorrido um acidente, embora não consiga entender, precisamente, como foi que ele aconteceu.

A hipótese de acidente, nos primeiros dias, com base no testemunho de Rosinha, pareceu mais plausível do que a hipótese de homicídio. Na semana passada, contudo, apareceram as cartas anônimas, de teor idêntico. Servindo-se de letras diferentes, recortadas de um ou mais jornais, ambas diziam, sucintamente: "Severino foi assassinado".

ROSINHA:

Não gosto de tiras, menos ainda de ex-policiais. Seu Expedito me avisou da chegada desse cara que veio da capital, falou dele, contou quem ele era e eu detestei a idéia de ser interrogada pelo sujeito. Resolvi sair da lavanderia pela porta que abre na direção da cozinha, porque achei que ele estava me esperando na saída que dá para a saleta. Mas o cara é esperto, estava me esperando no caminho por onde eu pretendia escapar. E — o que é pior — me fez parar com um sorriso cínico e ainda me consolou, dizendo que não valia a pena fugir, que ele não ia me tomar muito tempo.

Depois, veio comigo até o meu quarto, explicou que estava fazendo uma investigação, precisava dar uma olhada no meu armário, nas minhas gavetas, no chão, embaixo da cama, na minha bolsa. Fez as mesmas perguntas que os tiras já tinham feito, sobre a morte do coitado do Severino. Fuçou tudo e parece que não achou nada. Respondi ao que o homem perguntava exatamente da mesma maneira que tinha respondido ao delegado, usando até as mesmas palavras.

De vez em quando, o cara ficava me olhando de um jeito meio esquisito, talvez estivesse com tesão por mim, não tenho certeza. Posso dizer que tenho bastante experiência, entendo muito de tesão masculino. O tesão dos meus velhotes, por exemplo, é simples: não é forte, não é grande, mas é transparente: vejo nos olhos quando estão me desejando. Pela intensidade, posso negociar: tenho a possibilidade de cortar o barato, ou então resolvo botar lenha na fogueira. Esse sujeito, esse tal de Esdruves, me confunde, é um dissimulado. Não sei como lidar com ele. Não sei nem se ele estava mesmo com tesão.

ARAGON:

Sdruws me procurou, disse que está fazendo uma investigação sobre a morte de Rimbaud, a pedido de Bergotte. Já ouviu Claudel e precisava ouvir Rousseau e Malraux, mas antes queria falar comigo. Perguntei-lhe por quê, qual era a razão da precedência, e ele disse que era questão de palpite, mera intuição.

Achei a atitude dele meio estranha e tive a impressão de que era exatamente isso que ele queria: que eu o achasse estranho. Não é raro que esse tipo de fenômeno aconteça: um indivíduo nascido num meio proletário enfrenta enormes dificuldades, supera terríveis barreiras, chega a ingressar numa faculdade de direito, passa num concurso, entra para a polícia, consegue certa ascensão social, passa a superdimensionar suas qualidades intelectuais, sente-se um prodígio de inteligência. É a figura do investigador de segunda categoria que se sente muito superior ao chefe de polícia.

No caso de Sdruws, o problema ainda é mais complicado. Depois de vinte anos de exercício da profissão, inspirava respeito por sua honestidade, mas era visto como um policial violento, que respondeu a diversos inquéritos por "excessos" em ação. Claro, ele sempre alegou que foi inocentado em todos eles, mas o próprio fato de ter respondido a tantos inquéritos é sintomático: onde tem fumaça, tem fogo.

E há o episódio obscuro, nunca bem esclarecido, da saída dele dos quadros do funcionalismo. Foi demitido? Demitiu-se? Foi aposentado por razões de saúde? É verdade, como dizem, que teve uma discussão com o secretário de segurança e mandou-o, como "corrupto de merda", para a "puta que o pariu"? Há algum fundamento na informação, que correu na época, de que o psiquiatra que atuou como perito no inquérito atestou que ele sofria de perturbação mental e precisava ser afastado do serviço público? Tenho informantes que sabem o que acontece dentro da polícia, mas os meus olheiros não conseguiram apurar nada.

Bergotte, que odiava o secretário de segurança, contratou Sdruws como guarda-costas, naquele período em que recebeu ameaças de seqüestro. E agora o manda para cá, com a missão de averiguar o que aconteceu com o infeliz Rimbaud.

Não creio que esse Sherlock Holmes de pavio curto consiga apurar muita coisa. De qualquer maneira, fui condescendente, dei-lhe todos os esclarecimentos que me pediu: na hora do acontecimento trágico, eu tinha terminado a fisioterapia com a dra. Drica e estava no meu bangalô tomando banho. Não tenho testemunhas que possam confirmar isso. Percebi alguma agitação lá fora, mas resolvi terminar tranqüilamente o meu banho e só soube do que tinha acontecido quando fui almoçar. Fiquei bastante abalado. Embora tenha tido muitos atritos e discussões ásperas com Rimbaud, ele era, de todos os anjos, aquele com quem eu tinha maior ligação afetiva. Quase chegamos a nos tornar sócios num negócio, uma tabacaria.

Já estava escurecendo quando o investigador se levantou e se despediu, polidamente.

DRICA:

Depois de alguns telefonemas, Sdruws foi ao meu encontro, no restaurante do hotel, pediu licença para se sentar à mesa e me fazer companhia. Adverti-o para que não abordasse nenhum assunto que pudesse prejudicar a minha digestão. As refeições — expliquei — são momentos especiais na vida de uma pessoa. Num bom almoço ou num bom jantar, a gente pode viver uma experiência intensa, quase religiosa. Preocupações profissionais ligadas a uma investigação criminal podiam combinar com um sanduíche comido em pé num balcão de fast-food, mas eram incompatíveis com o linguado ao molho de alcaparras que eu tinha o privilégio de estar degustando naquele momento.

Não o achei antipático, mas já em nossa conversa telefônica inicial procurei definir alguns limites, para evitar que ele se tornasse, como dizem os americanos, muito "invasivo". Felizmente, o jantar transcorreu num ambiente agradável. Na hora da sobremesa, quando fazíamos o pedido do cafezinho, Sdruws perguntou ao garçom se tinha um licor (falou em castelhano: um "bajativo") chamado Nuevo Continente. Não tinha. O garçom confessou que nunca ouvira falar nele. Sdruws esperou que o sujeito se afastasse e me disse: "Eu também não. Acabo de inventá-lo".

A piadinha não era engraçada (de fato, era boba), mas acendeu uma luz no meu cérebro. Lembrei-me de minha prima Carlota, que morreu há pouco mais de um mês e que na última vez que a vi, na capital, me contou a história de um amigo ou namorado que costumava fazer essa gracinha sem graça nos restaurantes, quando os dois jantavam juntos. Perguntei a Sdruws se tinha sido namorado ou amigo de Carlota e acho que ele teve uma das maiores surpresas da sua vida: arregalou muito os olhos e disse: "Eu era apaixonado por ela!". Depois, ainda sob o impacto da descoberta, perguntou: "Você, então, é a prima Frederica?". E acrescentou, com emoção: "Ela falava muito a seu respeito".

A partir daí, o nosso papo engrenou e ficamos até quase duas da madrugada conversando no saguão do hotel. Ele contou muitas histórias de Carlota, confessou que talvez tivesse exagerado, não era propriamente apaixonado por ela, mas de fato houve um período em que haviam sido mais do que amigos, chegaram a ser namorados, porém logo perceberam que era a amizade que prevalecia na relação entre os dois. Infelizmente — disse — Carlota se apaixonou em seguida por esse cafajeste que morreu há um mês, esse que caiu (ou foi empurrado) do belvedere da cachoeira. "O tal do Severino, você sabe. O Rimbaud."

Enquanto conversávamos, bebemos uma quantidade realmente notável de garrafas de cerveja. E eu resolvi passar para ele todas as informações de que dispunha a respeito das pessoas que podiam estar envolvidas no caso. Acho que tive o sentimento — meio inexplicável — de que aquela colaboração era algo que eu devia à memória da minha prima Carlota.

Falei do morto, Rimbaud. Um garanhão. O centro da sua vida era ocupado pelas conquistas amorosas. Ele dizia que sua vertiginosa atividade erótica era necessária à sua criação literária, mas estou convencida do contrário: se sua poesia tem algum mérito, é o da autenticidade; seus versos giram em torno da sensualidade obsessiva. Até os exercícios físicos do ginasta eram parte da sua preparação para as proezas do leito. Era um cínico: em nome da literatura, dispensava qualquer sentimento, qualquer consideração por suas parceiras, sempre eventuais, sempre usadas e descartadas. Deixou pelo caminho muitos corações estraçalhados. Carlota foi um deles. Faltou à minha prima a capacidade de separar a curiosidade sexual do sentimento profundo do amor. O falecido Rimbaud tinha o dom de suscitar uma forte curiosidade sexual nas mulheres. Eu mesma senti isso e experimentei ir para a cama com ele, mas não confundi as coisas: em nenhum momento eu me sentiria amorosamente ligada àquele homem. Era parceiro para uma trepada inconseqüente, nada mais do que isso. Mas tinha seu borogodó.

E devo dizer mais: o sex-appeal de Rimbaud não só arrebatava as mulheres, mas era capaz de mexer com numerosos homens. Aragon, por exemplo, tinha uma visível atração por Rimbaud. Não sei exatamente o que houve entre eles, mas sei que um dia, há cerca de dois meses, aqui mesmo, no saguão do hotel, na presença de quatro testemunhas, Rimbaud esbofeteou Aragon, que bateu imediatamente em retirada, chorando, e foi se refugiar no seu bangalô.

Sdruws se interessou vivamente pelas histórias de Rimbaud, em especial pelas relações que existiam entre ele e os outros anjos. Contei-lhe que Malraux e Rousseau são amantes de Rosinha e que a moça arranca deles bastante dinheiro; já arrebanhou o suficiente para comprar um apartamento de três quartos na capital. Os dois disputam ardorosamente as graças da lavadeira, que os manobra com indiscutível habilidade, jogando um contra o outro. No mesmo dia em que Rimbaud sapecou em Aragon o tabefe de que falei, ambos os rivais tomaram conhecimento de que Rosinha tinha transado com o irresistível Rimbaud. A própria Rosinha informou sobre a traição a um e, meia hora depois, ao outro. Malraux e Rousseau encaram o fato de dividir a amante como uma espécie de disputa épica entre eles, não acham que a situação prejudique suas respectivas dignidades; ao contrário, têm a sensação de estar travando um duelo grandioso.

Os chifres que Rimbaud lhes pôs nas nobres cabeças, contudo, incomodou-os muito.

Para Sdruws, Malraux, Rousseau e Aragon tinham motivos para odiar Rimbaud e, eventualmente, poderiam ter sido levados a matá-lo. Faltava, no entanto, uma razão pela qual Claudel pudesse detestar o falecido. Deveria Claudel ser eliminado de uma possível lista de suspeitos? Respondi, com toda a franqueza, que não sabia de nenhuma história na qual tivesse explodido algum atrito entre Claudel e Rimbaud, embora fosse perceptível a total falta de afinidade entre eles.

Passava de uma e quarenta quando relatei a última fofoca ao investigador, antes de caminhar, um tanto tropegamente, para o meu quarto. Disse-lhe que, segundo me contaram, Claudel tem uma jovem amante chamada Dionísia, que vem da capital de quinze em quinze dias; instruída por ele, chega ao seu bangalô em estado deplorável de sujeira, vestida com roupas imundas. Então, o sujeito dá na mulher um prolongado banho, esfrega-a com esponjas, enxuga-a com toalhas felpudas, perfuma-lhe o corpo e, afinal, se masturba diante dela. Sem tocá-la, para não conspurcar sua imagem de pureza.

Terça-feira

Muchas y divergentes mitologías urdieron los histriones; unos predicaron el ascetismo, otros la licencia, todos la confusión.
[*Muitas e divergentes mitologias urdiram os histriões; uns pregaram o ascetismo, outros a licenciosidade, todos a confusão*.]

Jorge Luis Borges, *El Aleph*, "Los teólogos"

Acordei tarde, mal-humorado. Tinha planejado fazer várias coisas de manhã, mas acabei tendo que me contentar com uma visita à delegacia de polícia. O delegado me recebeu educadamente, mas permaneceu um tanto frio e visivelmente desconfiado, até que, na conversa, descobriu que temos alguns amigos em comum. Contei-lhe que havia participado de diversas diligências em Copacabana com o Guedes e demos boas risadas relembrando histórias que ele protagonizou, ele e seu indefectível blusão amarelo ensebado. O delegado da Guariroba é amigo e admirador do Guedes.

Logo descobrimos também que somos ambos amigos de outro tira copacabanense, o incorruptível Espinosa. O delegado comentou comigo aquela história de que dois escritores conhecidos chegaram a escrever sobre os nossos dois amigos: o Rubem Fonseca sobre o Guedes e o Garcia-Roza sobre o Espinosa. Os livros, porém, não foram publicados porque as editoras faliram, em conseqüência da crise da indústria editorial. Essa é a opinião do delegado, mas não sei se estou de acordo. De todo modo, acho uma pena, porque o Guedes e o Espinosa são policiais que mereceriam ser conhecidos pelo grande público.

Outro policial lembrado na nossa conversa foi um primo do delegado, de nome Ivan Grozni Ribeiro, perito em questões de calibre de armas, que trabalhou comigo num caso bastante delicado e depois morreu assassinado por outro tira, que ele tinha desmascarado como corrupto. O delegado me disse que o primo havia lhe falado de mim e tinha dito que eu era não só um excelente detetive, mas também "visceralmente honesto". Tenho a impressão de que até fiquei ruborizado com o elogio.

Como o delegado tinha vindo parar na Guariroba? Ele me explicou que havia tido alguns aborrecimentos na polícia carioca e, como estava em fim de carreira, pediu transferência para a pequena cidade turística na qual tinha vivido a infância e uma parte da adolescência. Dentro de poucos meses ia se aposentar e passaria a morar aqui, tranqüilamente, em companhia de duas irmãs que nunca saíram deste lugar.

Perguntei ao delegado em que pé estavam as investigações e ele me disse que o inquérito tinha sido enviado à promotoria com um pedido de prorrogação; o pedido havia sido atendido, de modo que as investigações iam entrar agora numa nova etapa. Num movimento de evidente simpatia, fez uma revelação: hoje de manhã, foi procurado pela testemunha d. Rosinha, que, em complementação ao seu depoimento, comunicou-lhe que conseguira se lembrar de uma coisa que podia ser considerada importante: o palavrão que ela ouvira na cachoeira não era apenas "filho da puta"; a frase que afinal recordara, com certeza, era: "Seu filho da puta!". E o acréscimo do "seu" — observou o delegado — tornava mais forte a sugestão de que havia outra pessoa com a vítima no belvedere.

Sensibilizado pela confiança com que o delegado aceitava a nossa convergência de interesses na investigação, retribuí a gentileza da revelação que me fez, transmitindo-lhe todas as informações que Drica me passou ontem à noite. Ele agradeceu minha colaboração e falou: "Vou aproveitar esses dados e reinquirir todos os depoentes". Apertei-lhe efusivamente a mão e saí em busca de Rousseau, para o encontro que marcamos ontem por telefone, um almoço fora do hotel, num pequeno restaurante sugerido por ele.

ROUSSEAU:

O bestalhão do Sdruws não conseguiu disfarçar seu constrangimento no Sol Nascente. O vulto corpulento se movia com certa inibição no espaço acanhado do local. Diante da comida japonesa, ele hesitava, inseguro. Pelo olhar que deu ao sashimi e ao tofu, foi fácil notar que, por incrível que pareça, aquele ser primitivo não conhece a culinária nipônica.

Alegando que o garçom era japonês e não entendia bem o português, sugeri que ele deixasse a escolha do menu por minha conta. O pascóvio foi obrigado a concordar. Mandei vir um prato com cogumelos shitake e me diverti com o lampejo de perplexidade (e talvez nojo) que apareceu no seu olhar. O garçom trouxe pauzinhos e eu adverti Sdruws de que naquele restaurante não havia talheres. Ele, então, iniciou a batalha dos pauzinhos.

Notei que observava o que eu fazia e, em seguida, me imitava. Não resisti à tentação de cometer uma maldade, pondo-o no ridículo: o garçom, meu velho conhecido, trouxe uma pequena jarra com leite, eu derramei um pouquinho num pires, esperei que Sdruws fizesse o mesmo, depois me curvei e pus o pires no chão, para o gato da casa. O paspalho não teve outro jeito senão abaixar-se e dar um destino idêntico ao seu pires com leite. Comentei, maldoso: "O gato, hoje, vai tomar um tremendo porre de leite...".

Durante cerca de meia hora, me fez perguntas banais, previsíveis. Confirmou que eu não tinha álibi, não podia invocar o testemunho de ninguém para comprovar minha presença no bangalô na hora em que Rimbaud despencou do belvedere. De repente, porém, o interrogatório tomou um rumo inesperado. Perguntei-lhe se eu podia ser considerado suspeito, se podiam me atribuir algum motivo para empurrar lá de cima o falecido, e Sdruws me respondeu que sim: eu podia ser o autor do crime e teria agido por ciúmes de Rosinha.

Passado o momento do espanto, reagi, procurei argumentar: "Já que andou fuçando na nossa vida particular, devassando a nossa intimidade, você deve saber que Rosinha mantém — com meu pleno conhecimento — uma ligação amorosa com Malraux. Se ela teve alguma coisa com Rimbaud, foi um episódio fugaz. Por que razão eu, enciumado, deveria assassinar Rimbaud, o amante de um único encontro de quinze minutos, em vez de matar Malraux, que é amante dela há mais de dois anos? Pense bem, quem seria mais merecedor de ódio: o versejador pornô ordinário, autor de poeminhas cheios de rimas nauseabundas e metáforas fedorentas, que atualmente ainda são ridicularizadas pelos leitores, mas amanhã serão sumariamente esquecidas, ou o grande crápula, o patife perigoso, o escritor concentradamente perverso, o corruptor que tem alguns momentos de gênio, mas põe todo o seu talento a serviço do mal, daquilo que o ser humano tem de pior?".

Insistindo na minha linha de argumentação, apelei para a consciência profissional do idiota. Disse-lhe: "Compreendo que na sua profissão de guarda-costas você não precise de cultura geral e não tenha desenvolvido a sua sensibilidade. Agora, porém, vejo que está desempenhando a função de investigador. E, como investigador, necessita de lógica, de racionalidade. Reflita sobre isso, Sdruws".

Aproveitei para lhe dar uma pequena aula de antropologia. Falei: "Você está embriagado com o material de algumas culturas: a cultura ibérica (portuguesa, sobretudo), a cultura mediterrânea da Itália e do sul da França, bem como as culturas inferiores dos negros e dos índios. Precisa freqüentar as culturas asiáticas, especialmente a cultura japonesa. E, sem dúvida, as culturas nórdicas da Europa, a cultura dos eslavos, inclusive — com certeza! — a cultura da Alemanha e do norte da França".

Para não prolongar mais a penosa lição que estava sendo obrigado a ministrar, sugeri que dispensássemos a sobremesa e tomássemos logo o cafezinho. Depois, cada um pagou a sua conta. Quer dizer: Bergotte pagou a despesa de ambos.

A primeira coisa que Sdruws fez, depois que nos sentamos nas poltronas do meu bangalô, foi me contar a conversa que tinha tido havia pouco com Rousseau. Se esperava alguma reação da minha parte, deve ter ficado frustrado: continuei impassível. Não pretendo discutir minha relação com Rosinha e minha avaliação da personalidade e da obra literária de Rousseau com um troglodita, por mais presunçoso que esse troglodita seja. Rousseau tem instantes de lucidez, teve quatro ou cinco idéias brilhantes ao longo da vida, mas essas poucas iluminações tiveram conseqüências catastróficas, porque lhe proporcionaram uma desculpa para alimentar uma vaidade colossal, que se combina com uma ingenuidade que chega às raias da cretinice.

Rousseau é amoral. E a pior coisa que pode acontecer a um espírito amoral é tornar-se moralista. O moralismo é a impregnação do pensamento pela falsidade (o velho Fourier alertou a humanidade a esse respeito, mas foi considerado maluco). O moralista é um intolerante. Rousseau não suporta a idéia de que a mulher que ele ama seja apaixonada por mim; por isso me condena às penas eternas do inferno, porque não renuncio a ela, porque não a entrego definitivamente ao seu exclusivo domínio.

É evidente que não tem sentido falar desse assunto com Sdruws. Observando-o, analisando seu olhar, tive a sensação de que o sujeito não entende nada de amor. Sdruws talvez entenda um pouco de tiros, facadas, bofetões, ameaças, chantagens, furtos, álibis e empurrões. De sentimentos complexos ele não entende nada. Sutilezas não são o seu forte. Sua hipótese é a de que Aragon, Rousseau e eu tínhamos um motivo — atração homossexual frustrada, no caso de Aragon, e ciúme, no nosso caso — para matar Rimbaud. Como não temos possibilidade de apresentar alguma confirmação para nossos álibis, somos automaticamente suspeitos.

Resolvi me divertir às custas do primata. Como tinha acabado de ler um artigo sobre a Grécia clássica e seu idioma, passei a brincar com palavras forjadas a partir dos vocábulos gregos, fazendo um discurso que o meu pitecantrópico interlocutor jamais compreenderia. Disse-lhe que apreciava seu método bradifrênico e seu estilo anemocéfalo. Sugeri que, na investigação da morte do ilustre copróbulo Rimbaud (que nos últimos meses vinha sofrendo de uma discreta mas persistente gasterectasia), o investigador não perdesse muito tempo com o macrócero Rousseau e ouvisse a platipígia d. Drica. E, para encerrar a melancólica entrevista, convidei-o a partilhar comigo os prazeres da dipsofilia: ofereci-lhe um uísque. Que ele, com olhar sombrio, recusou.

SDRUWS:

Primeiro, telefonei para o quarto de Rosinha. Ninguém respondeu. Depois, dei uma olhada no dicionário para confirmar minhas intuições. Estavam todas certas: *bradifrênico* é o que tem inteligência lenta, *anemocéfalo* é o que tem cabeça de vento. *Copróbulo* é o lançador de excrementos. *Gasterectasia* é o crescimento do ventre. *Macrócero* é o que tem chifres grandes. *Platipígia*, a que tem nádegas volumosas. E *dipsofilia* é o gosto (não patológico) pela bebida. Fiquei feliz de não ter deixado transparecer que estava entendendo mais do que Malraux supunha. É sempre bom que o outro, numa relação como a nossa, imagine que eu seja menos perspicaz do que realmente sou: assim ele fica menos armado, pode se descuidar e baixar a guarda.

Durante meia hora, procurei Rosinha em todos os lugares onde ela poderia estar no hotel, mas não consegui encontrá-la. Ninguém sabia do seu paradeiro. Saint-Ex informou que ela estava de folga. Deixei recado para me procurar logo que retornasse ao trabalho.

Passei no escritório de contabilidade, fui atendido pelo contador, no qual reconheci a figura do senhor gordo com aparência de palhaço aposentado que roncava forte no banco de trás, no ônibus em que cheguei ontem. Ele consultou Saint-Ex e, com uma expressão de quem não gostava nada do que estava sendo obrigado a fazer, colocou à minha disposição os extratos bancários e outros papéis que me permitiam examinar os gastos dos anjos nos últimos meses. Pude verificar que todos são grandes consumidores, Bergotte gasta com eles uma verdadeira fortuna. Tomei algumas notas e voltei à delegacia da Guariroba, para pedir alguns esclarecimentos ao delegado. Mas logo me dei conta de que os esclarecimentos buscados estavam, por ora, fora do meu alcance.

Ao entrar na delegacia, percebi imediatamente que

o ambiente em relação a mim tinha sofrido uma mudança drástica: fui acolhido com uma frieza glacial. O delegado me indicou uma cadeira e falou, secamente: "Sente-se aqui e espere". Saiu da sala e foi buscar o motorista do ônibus em que viajei. Entrou na sala segurando pelo braço o mulato atarracado de cabelo oxigenado e, apontando para mim, indagou dele: "O senhor reconhece neste homem o passageiro que há um mês veio da capital para cá e voltou no mesmo dia para a capital, exatamente no dia em que aconteceu a morte do escritor no hotel? Tem certeza disso?". O sujeito, meio constrangido, respondeu: "É ele, sim, doutor. Eu até falei com o cara ontem, no bar. Tenho certeza. Ele viajou comigo no dia da morte do homem do hotel. Se não me engano, até estava um pouco doente, ou enjoado, na viagem de volta. Sabe como é, doutor: quatro horas pra vir, mais quatro pra voltar, tem muita gente que não agüenta".

O delegado mandou o motorista se calar e ordenou que o escrivão tomasse o seu depoimento. Esperou um ou dois minutos, saiu e voltou novamente, dessa vez trazendo pelo braço a fisioterapeuta Drica, a prima da saudosa Carlota. Drica estava pálida e, visivelmente, furiosa; foi logo me dizendo: "Gravaram a nossa conversa no saguão do hotel. Não existe mais nenhum respeito à privacidade dos cidadãos!". O delegado puxou uma cadeira para ela e, num tom entediado, explicou: "Estamos investigando um provável assassinato, minha senhora. Por favor, aguarde aqui, porque o escrivão vai registrar o seu testemunho".

Em seguida, me fez sinal para acompanhá-lo, levou-me para uma saleta nos fundos da delegacia e lá, com um resto de calor humano na voz e no olhar, me advertiu: "Você estava aqui, incógnito, na hora da morte do homem. E tinha um motivo para matá-lo. O falecido ciscou no jardim dos seus amores e causou um grande estrago. Causou uma tragédia. E você ficou bastante aborrecido com isso. Vai prestar depoimento amanhã, como todos os outros suspeitos. Não pode sair da Guariroba enquanto não for liberado".

Perguntei se podia continuar investigando por conta própria e ele disse que sim. Acrescentou, com o que me pareceu ser o esboço de um sorriso: "Se você conseguir descobrir o culpado antes de mim, e se o criminoso não for você, eu não só o declararei inocente, como lhe darei uma carta de recomendação, para o caso de você ser demitido e precisar procurar um novo emprego". Perguntei, ainda, se a minha licença para portar arma de fogo continuava a valer ou estava suspensa; ele respondeu: "Fique com o seu revólver, mas de preferência não o use".

Esperei Drica até oito horas, quando ela acabou de responder a todas as perguntas que lhe foram feitas. Então, voltamos ao hotel para jantar. Enquanto comíamos, falando pouco, vi Saint-Ex passar. Pelo modo como me cumprimentou, percebi que já sabia da minha situação. As notícias por aqui correm com extraordinária rapidez.

A agência de turismo confirmou a chegada amanhã de manhã de dois grandes grupos de turistas estrangeiros. Sou forçado a reconhecer: como comerciante, o patrão sabe o que faz. Quando ele mandou construir esse hotel, parecia uma loucura. Que futuro poderia ter um hotel de luxo situado a três horas e quinze minutos da capital e só acessível por uma estrada quase sempre impraticável? Mas o patrão contava com esse moderno aeroporto que estavam acabando de construir aqui perto, em Muirapiranga, nome que em tupi significa "o lugar das frutinhas vermelhas". O patrão sabia que a prefeitura da Guariroba estava empenhada na construção de uma estrada moderna ligando o aeroporto à nossa cidade em apenas trinta e cinco minutos. E mais: o patrão sabia do potencial turístico das nove quedas-d'água, da fonte de água mineral e das duas grutas da Guariroba, e por isso criou a agência de turismo dele, a Bonne Journée, associada a outras agências, para trazer turistas do estrangeiro: os grupos não passam pela capital, vão direto para Muirapiranga, e de lá são rapidamente trazidos para cá.

Telefonei ao patrão para saber se havia alguma instrução especial quanto aos dois grupos que chegam amanhã. O patrão confia em mim. Contratou-me há quatro anos. Eu era goleiro do Guariroba Futebol Clube, uma vez peguei um pênalti, me puseram o apelido de Santo Expedito. O patrão, com essa mania que ele tem de botar nas pessoas os nomes de escritores franceses, me deu o apelido de Saint-Ex, em homenagem ao escritor Saint-

Exupéry, que eu só conheço porque ele escreveu *O pequeno príncipe*.

Acho essa mania do patrão uma imensa bobagem, mas não vou criar caso: me adapto à brincadeira. Só acho que no caso desses velhotes — os anjinhos do pau oco — a paparicação tem ido longe demais. Não consigo ficar calado, já falei tudo o que devia falar, mas não adiantou nada. Daí a minha impressão de que o homem está gagá.

É contraditório, eu sei: por um lado, temos um gênio dos negócios; por outro, o milionário excêntrico que dilapida seu patrimônio, fazendo gastos absurdos. Moralmente, sinto-me obrigado a apoiá-lo, devo cumprir suas ordens; ele me deu a melhor chance profissional que um cara como eu poderia ter. Mas, justamente por lealdade, convém alertá-lo para os excessos de insensatez que pode estar cometendo.

Não entendo, por exemplo, a confiança que ele deposita em Sdruws. E, na nossa recente conversa por telefone, falei do que aconteceu com o seu "herói": passou de investigador a investigado. A reação do patrão, entretanto, foi surpreendente: deu uma gargalhada. Achou divertidíssimo que Sdruws tenha entrado na lista dos suspeitos. E me mandou cuidar atentamente da chegada dos dois grupos de turistas estrangeiros, de acordo com as normas tradicionais do Grand Hotel de Combray.

DRICA:

Sdruws estava meio acabrunhado. Quando acabamos de jantar (ele nem prestou atenção na comida), convidei-o para caminhar um pouco lá fora. Tentando fazê-lo rir, apontei para baixo da nossa mesa, onde podiam estar aparelhos de escuta, e disse: "Vamos andar um pouco lá fora, para conversar à vontade sobre o assassinato que nós cometemos juntos. Não podemos falar aqui dos nossos planos para futuros crimes, porque estão nos ouvindo. O delegado pode descobrir quais vão ser as nossas próximas vítimas. É bem possível que ele já saiba que você é um serial killer, que a sua verdadeira identidade é Jack, o Estripador".

Puxei-o pelo braço e tentei conduzi-lo pelo caminho que leva às gaiolas dos papagaios e das araras, mas ele me levou ao belvedere. Percebi que estava tenso. Eram nove horas da noite, o lugar estava vazio, os poucos hóspedes do hotel estavam, na maioria, numa sessão de cinema, vendo *A vida é bela*. Ao chegarmos lá em cima, Sdruws começou a olhar no chão, por toda parte. Perguntei o que estava procurando e ele me respondeu: "Não sei. Algum indício de alguma coisa". Não era propriamente uma indicação precisa, mas mesmo assim procurei ajudá-lo na estranha busca. Recolhi uma caixinha de fósforos vazia, duas guimbas de cigarro, uma caneta esferográfica estragada, uma moeda de dez centavos, outra de cinco (bastante enferrujada), um cartão antigo de loteria esportiva, uma tampinha de um tubo de pasta de dente, um brinco barato, os restos de um broche com prendedor defeituoso e outros objetos tão fascinantes quanto esses.

Quando procurei Sdruws para falar com ele sobre os meus achados, vi que estava debruçado sobre o abismo, com uma pequena lanterna na mão, o foco de luz voltado verticalmente para baixo, refazendo o movimento da queda de Rimbaud. A posição era extremamente perigosa. Fiquei irritada: "Você está louco? Quer imitar o vôo do falecido? Quer morrer estatelado lá embaixo?".

Ele começou a me responder, disse que estava tentando encontrar alguma pista, mas a lanterna escapou da sua mão e bateu com estrépito nas pedras da margem do lago. Por um momento, tive a impressão de que o barulho da cachoeira tinha aumentado, que ela estava rindo de nós. Tomei Sdruws pela mão e o conduzi de volta ao hotel, atenta à possibilidade de lhe passar pela cabeça a idéia de descer ao lago para recuperar o cadáver da lanterna. Acho que consegui convencê-lo de que uma boa noite de sono tranqüilo lhe faria um bem imenso.

SDRUWS:

Não posso deixar de admitir que a minha nova amiga, a platipígia fisioterapeuta Drica, mexe com as minhas fantasias sexuais. Precisei fazer um esforço de autodomínio para não deixar transparecer a excitação quando ela me pegou pela mão e me trouxe até a porta do elevador. Deixei que acreditasse que eu estava exausto e que ia dormir, mas não fui para o meu quarto. Tornei a sair e resolvi voltar à cena do crime. Como a sessão de cinema estava acabando, achei melhor seguir por um caminho mais longo e tortuoso — por conseguinte, menos freqüentado — para evitar ser visto.

Estava acabando de contornar o pomar quando notei que, no mais afastado dos bangalôs, o de Claudel, a luz estava acesa. Ouvi ruídos estranhos. A curiosidade me fez parar e me atraiu para o lugar. Silenciosamente, aproximei-me da janela de onde vinha a luz e procurei espiar o que estava acontecendo lá dentro. Deparei-me com uma cena tão estranha que, num primeiro momento, não consegui compreender: uma moça empunhava um chicote e açoitava o anjo Claudel, que estava nu, algemado, com ambas as mãos presas à cabeceira da cama. Parecia uma sessão de práticas sadomasoquistas, previamente acertada entre os participantes. Na medida em que continuei a observar, entretanto, comecei a achar que havia alguma coisa muito esquisita. As nádegas de Claudel já estavam bastante machucadas, sangrando muito. A moça parecia cansada de bater, fazia pausas e retomava o espancamento. Claudel, com o olhar esgazeado, grunhia impropérios entrecortados por soluços. Em cima de uma mesa havia um facão e um revólver.

Ainda hesitava a respeito da necessidade de intervir, quando escutei a jovem (Dionísia?) dizer: "Agora, monstro, você vai morrer. Chegou a hora de você voltar para o inferno, de onde nunca devia ter saído. Sofri muito nas suas mãos, mas sabia que um dia haveria um ajuste de contas. E esse dia é hoje". Ao apanhar o facão sobre a mesa, pude ver-lhe o rosto e a reconheci: era a jovem de cara sorumbática que estava sentada ao meu lado no ônibus, a moça que fedia e se coçava e que tinha bebido meio copo de cachaça na lanchonete da estação rodoviária.

Quebrei o vidro, abri a janela e saltei para dentro do quarto, já com o meu revólver na mão, como se estivesse numa cena de policial americano. Falei com uma voz que pretendia ser firme, embora tenha saído meio embargada: "Não faça nenhuma besteira, Dionísia!". Ela ficou paralisada. Obedeceu, mecanicamente, à ordem de recolocar o facão em cima da mesa e de se deslocar para o canto do quarto mais afastado da porta. Com a segurança de quem controlava a situação, argumentei: "Nós viemos juntos no mesmo ônibus. Já fui policial, hoje trabalho por conta própria. Estou investigando o assassinato do sujeito que morreu neste hotel, no mês passado, e que era um filho da puta tão desprezível quanto este que você algemou nessa cama. Se você matar o canalha, vou ter que prendê-la. Acho que ele já foi suficientemente castigado. Olhe o aspecto do desgraçado, a cara dele. Está desmaiado. Vamos sair daqui e deixar que o sujeito seja atendido por um médico. Tire as algemas!".

Dionísia obedeceu, como se estivesse em transe. Confisquei-lhe as armas, ajudei-a a recolher todos os seus pertences, ela pegou sua maleta e sua bolsa e saímos juntos. Mas antes ainda me debrucei sobre Claudel, verifiquei que estava consciente e lhe disse: "Vou pedir em seu nome que o médico do hotel venha aqui vê-lo. Invente uma boa história (para isso você é ficcionista). Seja discreto nas informações que vai dar a ele, para não complicar a sua situação. Não comprometa Dionísia, ela não vai voltar, nunca mais. E não me envolva nessa sua aventura fracassada".

Fiz uma rápida ligação para a recepção e pedi um médico com urgência. Depois, levei Dionísia até uma pensão no outro lado da Guariroba, a pensão da d. Laurinda, uma senhora que eu conheci na capital quando ainda era menino. D. Laurinda veio para cá faz uns seis ou sete anos, enviuvou e casou de novo, aos sessenta anos. Já havia casado duas vezes: aos vinte e aos quarenta. Foi para o terceiro casamento dela que vim pela primeira vez à Guariroba, um ano atrás.

Tive uma conversa longa com a minha nova protegida, que me fez um relato das maldades de que vinha sendo vítima. As práticas sexuais do tarado do Claudel vão muito além do que a Drica me contou. Dionísia prometeu que amanhã voltará para a capital. Eu lhe garanti que não haverá problema na sua partida. Prometi que estarei na estação rodoviária na hora em que embarcar.

DIONÍSIA:

Foi bom ter desabafado com o ex-policial. Ele foi legal comigo: poderia ter me prendido, mas aliviou a minha barra. Eu mesma estou espantada com o tamanho do meu ódio, que foi crescendo dentro de mim, sem que eu percebesse, até explodir. Minha primeira impressão do Cláudio foi boa: me lembro que ele foi gentil, foi carinhoso, achei até que era tímido. Depois, começou a pôr as manguinhas de fora. A cada quinze dias, vinha com uma novidade. Primeiro foi aquela história de que eu devia chegar bem suja; ele me dava banho e se masturbava. Depois, a gente começou a transar quando eu saía da banheira; ele me enxugava, enrolava a toalha e me batia com a toalha molhada enrolada. Aí vieram as palmadas com a escova, em seguida o chicote. E eu topando tudo, porque num único dia ele me dava mais grana do que tudo o que eu conseguia tirar em um mês inteiro de trabalho na capital.

Mas a loucura do homem foi inventando maldades cada vez maiores. Ele me amarrava com cordas, me maltratava e me humilhava, enfiava coisas em mim, fazia o diabo comigo. Até que eu decidi me vingar. Hoje vim resolvida: trouxe algemas, facão e chicote. Na hora em que o cara se animou, tirei o 38 da bolsa e disse: "Você está ferrado, seu monstro". Mandei ele estender as mãos na cabeceira da cama e comecei a destruir o filho da puta. Repeti para ele o que ele já tinha me dito várias vezes: "Pode chorar e gritar à vontade, que ninguém vai te ouvir, porque esse bangalô é o mais isolado de todos". Eu estava mesmo cega de ódio. Se esse ex-policial não tivesse chegado, eu tinha matado o cara e estaria enrolada para o resto da minha vida.

Tomei uma decisão: nunca mais volto aqui.

Quarta-feira

La natura ha creato gli uomini in modo che possono desiderare ogni cosa, e non possono conseguire ogni cosa.

[*A natureza criou os homens de tal modo que podem desejar qualquer coisa, mas não podem conseguir qualquer coisa.*]

Maquiavel, *La prima deca di Tito Livio*, cap. XXXVII

SDRUWS:

Acordei quando o despertador tocou e me levantei com enorme dificuldade. O espelho me mostrou, não um anjo, como queria o poeta Max Jacob, mas uma espécie de gorila pré-histórico que acabou de ser atropelado por uma manada de mamutes. Tomei uma ducha, engoli um suco de laranja e fui para a delegacia. O delegado já estava à minha espera.

No meu depoimento, declarei que, no dia da morte de Rimbaud, eu tinha vindo para uma consulta com d. Laurinda, a dona da pensão na esquina da rua dos Oblatos Beneditinos com a rua dos Agostinianos Recoletos. Expliquei que d. Laurinda é cartomante e que a conheço desde a minha infância. Eu ainda estava com treze anos e ela já punha cartas para mim, e acertava oitenta ou noventa por cento. Tem uma vasta clientela.

Naquele dia marquei a consulta para as catorze horas, para poder viajar tranqüilamente, sem correria, e almoçar sem afobação. O ônibus chegou pouco depois das onze. Não estive no Grand Hotel de Combray, não encontrei Severino Cavalcante, vulgo Rimbaud. Almocei sozinho — se não me falha a memória, no segundo dos dois restaurantes que existem no início da rua do Paletó Corajoso. Depois, para fazer a digestão, dei uma caminhada: atravessei a praça da Reputação Ilibada, subi a avenida dos Cidadãos Probos, desci a ladeira do Assessor Especial e voltei pela alameda dos Sócios Remidos. Então, peguei a rua dos Professores Eméritos, enveredei pela rua dos Oblatos Beneditinos e cheguei na pensão com dez minutos de antecedência.

D. Laurinda me fez revelações surpreendentes, que prometi manter em segredo. Não acredito no sobrenatural, não acredito em cartomantes, mas acredito em d. Laurinda. E uma das coisas que ela me disse foi que havia um morto no meu caminho. Ouvi tudo com muita atenção e voltei para a estação rodoviária, onde peguei o ônibus para a capital, às quatro horas da tarde.

O delegado insistiu em me perguntar pelo caso de Carlota. Esclareci que era minha amiga querida, tínhamos namorado, mas chegamos à conclusão de que o nosso namoro havia nascido de um equívoco, então voltamos a ser grandes amigos. Carlota conheceu o tal Severino, o sujeito se empenhou em seduzi-la, ela se apaixonou por ele. Alertei-a a respeito do cara, não adiantou nada. Ela engravidou, o canalha não assumiu, largou-a na mão, disse que não queria mais vê-la, que ela se virasse. Minha amiga decidiu tirar o bebê, eu ajudei. Poucos dias depois do aborto, Carlota descobriu que estava com câncer. Desesperada, se suicidou.

O delegado esperou que eu assinasse o depoimento — com ar de quem tinha ficado emocionado, embora não quisesse deixar transparecer. Depois, me liberou, recomendando mais uma vez que eu não saísse da Guariroba. Então, entre amistoso e irônico, pôs a mão no meu ombro e falou: "A mentira é sempre ruim, mas há mentiras e mentiras. Em alguns casos, a gente quase perdoa, não é mesmo? Admirei a sua memória, a reconstituição pormenorizada do trajeto que você percorreu para chegar em tempo hábil — no caso, realmente hábil — à pensão da d. Laurinda, minha velha conhecida. Enquanto ouvia você falar, parecia que eu estava diante de um mapa". Me acompanhou até a porta e se despediu, dizendo: "Juízo, Pinóquio".

SAINT-EX:

A chegada desses dois grupos de turistas estrangeiros modificou inteiramente o ambiente do hotel. O barulho aumentou muito. Surgem problemas a cada instante, tudo precisa ser providenciado com urgência. Convoquei prestadores eventuais de serviços, gente de confiança, mobilizei novas equipes e recorri a intérpretes que já conheço: pessoas que falam inglês, francês, alemão, italiano e japonês. Com os hóspedes que falam espanhol é mais fácil nós nos entendermos; já tenho uma considerável experiência.

No meio da correria, no auge da confusão, apareceu Sdruws, querendo saber do paradeiro de Rosinha. Expliquei que a moça teve que viajar para uma localidade vizinha, Piracuruca, para ajudar a mãe, que adoeceu. Ele não ficou convencido e perguntou: "No momento em que o hotel está mais necessitado dos serviços dela, você a dispensou?". A pergunta foi feita num tom desagradável. Respondi que não podia, humanamente, recusar a autorização. Sdruws voltou à carga: "Então me dê o número de telefone e o endereço da mãe dela em Piracuruca, porque preciso muito falar com a Rosinha". Esclareci que a mãe de Rosinha não tem telefone e disse que não sabia o endereço. O sujeito ficou irritado; me segurou o braço com força e falou: "Não minta para mim!".

Confesso que fiquei um pouco assustado. Na verdade, Rosinha está com medo de Sdruws e eu estou tentando protegê-la. Procurei me controlar e fiz um certo esforço para acalmá-lo. Assegurei que não estava mentindo, que não havia anotado o endereço, que Rosinha era uma empregada de confiança e tinha garantido que estaria de volta amanhã de manhã. Em menos de vinte e quatro horas, então, ele poderia conversar com ela. O grosseirão largou meu braço, mas fez uma ameaça: "Torça para ela vir. Se por acaso a Rosinha se atrasar, dou-lhe a minha palavra de honra, você vai sofrer um castigo físico".

Telefonei para o patrão, contei-lhe o que tinha acabado de acontecer e ele me prometeu que ia falar com Sdruws para que agisse de maneira menos rude, mas insistiu comigo para que eu pusesse a Rosinha o quanto antes em contato com o investigador.

ARAGON:

Sdruws tornou a aparecer. Recebeu o meu recado, me disse, e veio logo que pôde. Estava curioso para saber o que eu tinha para informar. Fiz-lhe a advertência preliminar de que a fonte da informação deveria permanecer incógnita. Ele concordou. Falei-lhe, então, do consumo de drogas.

Revelei que todos nós, os anjos, com a exceção de Claudel, consumimos drogas. O falecido Rimbaud era aficionado da cocaína. Rousseau prefere o haxixe. Malraux, quando não está embriagado com uísque, consome ácido lisérgico. E eu não posso passar sem os meus cigarros de maconha.

Gastamos muito dinheiro nessa brincadeira, o vício sai caro. O contador, sem saber do que se trata, é quem faz o pagamento ao fornecedor, quer dizer, ao traficante. Não conheço pessoalmente esse traficante, mas já o vi duas vezes, cobrando do nosso contador o pagamento devido. Fiquei muito mal impressionado com a aparência do sujeito: tem o tipo perfeito de um gângster. Um amigo já me preveniu: esse cobrador não admite nenhum atraso nos pagamentos e já matou gente por causa de dívidas que não tinham sido quitadas.

Terminei dizendo a Sdruws: "Estou lhe falando desse traficante porque me ocorreu a hipótese de que talvez ele tenha alguma coisa a ver com a morte do Rimbaud. Talvez valha a pena você averiguar. Em todo caso, tome muito cuidado. Lembre-se: o traficante é um assassino profissional".

SDRUWS:

Almocei com a Drica, que me passou uma matéria que acabara de sair na *Folha de Muirapiranga*, um artigo sobre os anjos, assinado com pseudônimo. Segundo ela, a publicação ia me interessar. Educadamente, agradeci, guardei o recorte do jornal no bolso e expliquei que leria mais tarde, porque não pegava bem ficar lendo durante o almoço em companhia de uma senhora. E também porque a experiência intensa, quase religiosa, de um bom almoço, não deveria ser perturbada por preocupações capazes de prejudicar os trâmites digestivos. Ela apreciou a citação.

Falei-lhe da informação passada por Aragon sobre o traficante e ela me disse que já viu o tipo, que o cara vem toda semana, às quartas-feiras, no final da tarde, para um rápido encontro com o contador. Subi ao meu quarto para dormir um pouco. Acertei o despertador para me acordar às três horas. Estava tão cansado que esqueci o artigo do jornal no bolso da calça. Dormi como uma pedra.

Acordei ainda meio zonzo, mas consegui me pôr em movimento; fiz uma caminhada pela praça da Reputação Ilibada, tomei um suco de limão, respirei um pouco de ar puro. Voltei, então, ao hotel. Na recepção, me deram quatro recados: Aragon, Claudel, Malraux e Rousseau queriam falar comigo. No caso destes dois, o recado especificava o assunto: queriam falar sobre o artigo publicado na *Folha de Muirapiranga*. Decidi que cumpriria o preceito bíblico e atenderia primeiro ao chamado dos últimos. Antes de ir vê-los, contudo, precisei ler a matéria.

Morte no jardim zoológico

Zóilus

Para se divertir, os cidadãos guarirobenses dispõem de um curioso jardim zoológico, que talvez seja o mais original do mundo: trata-se de uma coleção de animais restrita a uma única espécie. No Grand Hotel de Combray não existem leões ou tigres, mas estão reunidas algumas das feras mais selvagens do nosso planeta. Os visitantes não têm ocasião de ver serpentes, mas dispõem da possibilidade de avistar alguns dos animais mais peçonhentos do mundo. Refiro-me, é claro, à espécie dos subliteratos invejosos.

O interessante jardim zoológico foi fundado por um milionário excêntrico, que, segundo dizem, enriqueceu pagando salário de fome aos trabalhadores das suas indústrias, praticando a concorrência desleal e a espionagem industrial, sonegando impostos e driblando o código penal. De origem alsaciana, com raízes alemãs, o pai do milionário mudou o nome da família, que era "Bergkot" (tradução: o excremento da montanha), para Bergotte (nome extraído da obra de Marcel Proust, de um personagem que teria sido inspirado em Anatole France).

Como se quisesse eliminar sua ascendência alemã, o megaempresário passou a financiar uma associação de escritores que usam pseudônimos ligados à literatura francesa. Recrutou um pequeno bando de subliteratos de segunda categoria, instalou-os no confortável jardim zoológico do hotel, deu-lhes polpudas gorjetas e os deixou entregues à guerra permanente de todos contra todos. Impelidos pela voracidade pecuniária, os escribas se odeiam e disputam com fúria inaudita cada moeda que lhes é lançada. O espetáculo vinha fazendo enorme sucesso de público, até que, recentemente, uma das feras foi lançada num abismo e morreu. Agora, os visitantes parecem estar sentindo algum constrangimento. Paira no ar a pergunta: quem matou aquele que foi assassinado? Qual é a fera que está se destacando entre as demais por sua ferocidade?

Será Cláudio Nicodemo da Silva, que atualmente usa o

nome do grande Claudel e antes de ser apadrinhado pelo milionário Bergkot publicou com seu próprio nome dois romances que foram simultaneamente fracassos de crítica e de público? Um dos romances é um calhamaço de mais de quatrocentas páginas, com personagens quase tão numerosos quanto a lista telefônica, intitulado — premonitoriamente — Crepúsculo. E o outro é uma novela psicológica chamada Desejo, que contém diversas indicações de que o autor precisa de assistência psiquiátrica para conseguir lidar com seus distúrbios libidinais. Será que este Claudel de fancaria conseguiu superar a perversidade com que na adolescência montou um pretenso laboratório para, em companhia de alguns amiguinhos tarados, torturar pequenos animais?

Outro homicida em potencial é Mauro Teodoro dos Santos Oliveira, autor de numerosos relatos de aventura, narrativas de viagem por terras exóticas, encomendadas por uma editora que impõe às suas publicações uma linha de padronização comercial. Antes de receber o nunca merecido apelido de Malraux, o indigitado Mauro produzia textos em que índios norte-americanos escalpelam missionários britânicos, canibais africanos cozinham exploradores holandeses e traiçoeiros orientais metralham jovens militares do Ocidente, para que depois os leitores se entusiasmem com o vigoroso castigo — merecido! — que os brancos bons aplicam aos maus amarelos, negros e vermelhos. Raras vezes se terá encontrado uma mistura tão cínica de apologia do espírito colonial com a exploração literário-mercantil da violência. Atualmente, após um divórcio escandaloso em que foi acusado pela ex-mulher de ter tentado envenená-la, dedica-se à crítica literária, comentando elogiosamente qualquer obra *de qualquer autor, desde que o elogio seja recompensado com algum pagamento.*

A maior fera entre as feras também pode ser o poeta José Tibúrcio Gonçalves Aragão, abusivamente rebatizado como Aragon. Para compensar a frouxidão de seus ritmos, a pobreza de suas rimas e a falta de originalidade de suas metáforas, Aragão tem se empenhado em desenvolver sua capacidade de intriga. Não conseguindo transformar suas mentiras em criações artísticas bem-sucedidas, ele as transforma em armas insidiosas para criar um clima de desconfiança patológica e ódio generalizado no ambiente onde vive. Nos últimos dois anos, não tem conseguido escrever coisa alguma. Ao que tudo indica, a fonte secou e dela não saem sequer textos medíocres. Com a esterilidade, o sujeito passou a sofrer de uma inveja corrosiva: encara como desfaçatez qualquer vitória alheia. Há muitos anos, ganhou um prêmio num concurso literário, mas jamais pôde recebê-lo, porque os concorrentes impugnaram o resultado, apontando numerosos plágios no texto premiado. A reação do plagiário desmascarado foi surpreendente: envenenou o cachorro de estimação de seu principal acusador.

A bolsa de apostas está bastante movimentada. Muita gente acredita que o animal mais perigoso do jardim zoológico do Grand Hotel de Combray, na Guariroba, é João Carlos Suslov, neto de um imigrante ucraniano, cognominado "o Russo" e afinal metamorfoseado em "Russô" pelo milionário Bergkot, que pespegou no seu protegido o nome do genial ensaísta do Discurso sobre a origem da desigualdade. *Este Rousseau de araque é protagonista de alguns escândalos memoráveis, que o têm levado com freqüência às páginas policiais da imprensa. Ainda jovem, deu um desfalque no restaurante japonês onde trabalhava como garçom e foi preso, e só não o condenaram porque o advogado do comerciante lesado se equivocou no encaminhamento da causa. Mais tarde, casado com uma atriz de teatro, excedeu-se no consumo de haxixe e espancou a esposa (o caso foi amplamente explorado por um jornal sensacionalista). Recentemente, publicou um artigo racista que lhe valeu um processo judicial, ainda em andamento. Seu livro mais conhecido é um ensaio intitulado* Exijo que me aceitem como sou!, *considerado por um crítico "um texto sofrível, que pode, na melhor das hipóteses, servir como ilustração tardia de uma certa leitura provinciana de algumas idéias existencialistas mal compreendidas que circulavam na Europa há meio século".*

Esse é o elenco das feras do jardim zoológico da Guariroba, caros leitores. Talvez vocês não tenham, mais tarde, outra oportunidade de conhecer exemplares tão típicos da espécie dos escrevinhadores pérfidos, tão impregnados de inveja e vaidade. Aproveitem esta excepcional atração turística! Visitem os monstruosos animais ferozes, antes que eles se destruam, todos, uns aos outros.

SDRUWS:

Antes de ir ao bangalô de Rousseau ou ao de Malraux, eu tinha um compromisso: fui pegar Dionísia na pensão e a levei à rodoviária. Ela partiu para a capital, sem incidentes, num ônibus no qual viajavam também os cinco jovens que cantavam musiquinhas pobres com letras indigentes e que haviam sido meus companheiros de viagem na segunda-feira. Só depois é que voltei ao hotel e tratei de verificar o que os anjos sobreviventes queriam comigo.

Mas não cheguei aos bangalôs, porque fui interceptado pela Drica, que veio correndo atrás de mim e, esbaforida, me comunicou que o personagem com aspecto de gângster, possivelmente o fornecedor de drogas aos protegidos de Bergotte, tinha chegado e estava numa saleta da administração, conversando com o contador.

Sempre seguido pela fiel Drica, irrompi na saleta. O contador, com sua cara de palhaço aposentado, e seu visitante, que qualquer diretor de cinema convidaria para fazer o papel de bandido, me olharam com espanto. Enquanto apalpava meu revólver, não muito discretamente, por baixo do blusão, pedi ao suspeito que se identificasse.

O homem abriu uma maleta de tipo executivo e dela foi tirando documentos: a carteira de identidade, a carteira profissional, o cartão do CPF, o recibo do pagamento de contas de gás e eletricidade (como comprovação de residência), xerox de diversas cartas de recomendação, um curriculum vitae e uma declaração em papel timbrado da diretoria do Sindicato dos Artistas explicando que o portador era ator profissional.

O contador esclareceu que o cidadão ali presente — seu cunhado, marido de sua irmã — vinha visitá-lo nos dias em que a peça em que atuava estava sendo encenada num teatro próximo do hotel. O cunhado acrescentou que, para poupar tempo, vinha vestido a caráter, isto é, com roupa e aparência de gângster, tal como correspondia ao papel que desempenhava na *Ópera de três vinténs*, de Brecht.

Pedi desculpas pelo mal-entendido, constrangedor. O sujeito disse que já estava habituado a situações como aquela. Acho, até, que ele se diverte às custas de criaturas como eu, que julgam pela aparência e — naturalmente — quebram a cara.

Drica e eu nos despedimos e tivemos o mesmo impulso: fomos diretamente para o bar do hotel, porque precisávamos, com urgência, de um trago.

MALRAUX:

Sdruws custou a aparecer e, quando surgiu, pareceu-me que estava meio bêbado. Me deu um sorriso desajeitado e explicou: "Um pouco de dipsofilia não faz mal a ninguém. O que é ruim é a dipsomania, você sabe. Para tudo na vida precisamos do bom senso, do equilíbrio, da *phronesis*". Percebi que ele ficou melindrado com o fato de eu ter brincado com palavras formadas a partir do grego, na nossa última conversa. Achei um tanto infantil a necessidade de vir agora, embriagado, exibir familiaridade com um idioma que, evidentemente, não domina.

Perguntei-lhe se havia lido o artigo publicado na *Folha de Muirapiranga*. Respondeu que sim. Comentei que se tratava de um conjunto de calúnias. Disse-lhe que tinha uma visão muito crítica dos meus colegas de "angelicato", que não os apreciava nem como escritores nem como pessoas, mas discordava radicalmente do que estava escrito no jornal. No que se referia a mim, só podia me orgulhar de ter conseguido escrever relatos de viagem e aventuras nas duras condições que me foram impostas, assim como me orgulhava de verificar que minhas narrativas, embora encomendadas, haviam agradado ao grande público e ainda hoje eram lidas por jovens leitores entusiasmados. Observei, ainda, que fazia crítica literária desde muitos anos e que meu ensaio mais conhecido era um estudo do diário dos irmãos Goncourt, os quais sem dúvida mereciam os elogios que lhes fiz e, estando mortos, não poderiam me pagar coisa alguma pelos louvores recebidos.

Por fim, fiz-lhe a pergunta direta que desejava fazer: perguntei se ele tinha como averiguar quem era o autor do artigo. E Sdruws respondeu que não.

ROUSSEAU:

Embora seja um bestalhão, Sdruws me pareceu que poderia vir a ter alguma serventia. Quando ele entrou no meu bangalô e sentou-se na poltrona, tive, por um instante, a impressão de que talvez fosse menos idiota do que achei no nosso encontro anterior. Por isso, fiz imediatamente a proposta que, supunha eu, poderia interessá-lo: "Quero contratar seus serviços como investigador, para apurar quem escreveu o artigo assinado com o pseudônimo Zóilus, publicado na *Folha de Muirapiranga* de hoje". Ainda acrescentei: "Estou disposto a lhe pagar bem. Pode fazer seu preço".

Mas quem é burro há de morrer pastando. O paspalho preferiu seguir o caminho amesquinhador do ressentimento e respondeu com ironia: falou que era apenas um guarda-costas, ainda não tinha podido desenvolver a lógica e a racionalidade, ainda lhe faltavam a sensibilidade e a cultura geral, de modo que não se sentia capacitado para a investigação proposta.

E, ao se despedir, permitiu-se um gracejo imbecil, que talvez lhe parecesse meio ameaçador. Falou assim: "O primeiro suspeito que me ocorre como possível autor do brilhante artigo é o seu fornecedor de haxixe".

SDRUWS:

Mais uma vez, jantei com a Drica, e de novo evitamos dizer coisas que pudessem ser gravadas e utilizadas perversamente contra nós. Comentamos, é claro (não podíamos deixar de comentar), o vexame daquela interpelação ao ator fantasiado de gângster na sala do contador. Falamos muita bobagem, rimos muito. Ela contou historietas dos anjos, especialmente do seu cliente mais assíduo, Aragon. De repente, lembrou-se de um pormenor curioso: no dia da morte de Rimbaud, Aragon tinha tido com ela uma sessão que havia acabado poucos minutos antes do assassinato. E, ao sair da saleta de fisioterapia, não tinha seguido na direção habitual, pelo caminho que o levava ao seu bangalô: tinha virado à esquerda, tomando uma trilha que podia conduzi-lo à subida para o belvedere.

Drica ficou muito excitada, achou que essa era uma pista que poderia vir a ser decisiva, um indício que transformava Aragon no principal suspeito do crime. Procurei acalmá-la, advertindo que — tal como havíamos confirmado um pouco antes — as aparências enganam. Em todo caso, assegurei-lhe que no dia seguinte, de manhã, voltaria a interrogar Aragon. Minha amiga insistiu: por que não imediatamente, hoje à noite mesmo? Confessei-lhe que a minha paciência com os anjos estava prestes a se esgotar e que já me comprometera a visitar Claudel.

CLAUDEL:

Há períodos na vida de uma pessoa nos quais nenhuma provação, por mais dura que seja, lhe é poupada. Além de ser miseravelmente abandonado por Dionísia, me vejo diante do desafio de tentar explicar a essa toupeira do Sdruws o que efetivamente aconteceu, quer dizer, o que ele viu e não compreendeu (e provavelmente não compreenderá jamais). Tive que recebê-lo numa posição humilhante, deitado de lado, com as nádegas em carne viva, suportando dores atrozes. E, o que é pior, tive que ver no seu olhar a expressão orgulhosamente beócia de quem se acha em condições de julgar e condenar uma criatura consumida pelo sofrimento e absorvida pela fatalidade.

Perguntei-lhe se Dionísia tinha mesmo viajado, se havia deixado algum recado para mim. Embora desanimado, empenhei-me em esclarecer àquela alma tosca o alcance da relação que me une à moça. Assegurei-lhe que a profundidade da ligação é bem maior do que ele pode imaginar: "Você não tem a menor noção, Sdruws, de como são complexos os meandros da alma humana". Contei-lhe que havia iniciado a jovem no mundo do sexo, com seu lado luminoso e seu lado sombrio. "Não há nada igual às emoções de uma forte descoberta, Sdruws. Essa moça jamais esquecerá a descoberta — que eu lhe proporcionei — das infinitas possibilidades de prazer e de susto que existem adormecidas no seu corpo. As experiências que vivemos juntos criaram entre nós um vínculo indestrutível. O que você viu tinha uma significação que lhe escapa. Os iniciados sabem que em sua intensidade máxima o amor se identifica com a morte. Eu estava disposto a morrer arrastado pela explosão emocional de Dionísia. E tenho a mais absoluta certeza de que ela voltará para mim. Sei que um de nós dois matará o outro. Admito, aliás, que eu possa vir a matá-la, mas é provável que acabe me suicidando em seguida."

Sdruws me ouviu em silêncio, impassível. Aproveitando uma pausa que fiz, resmungou qualquer coisa que custei a entender. Então, pedi-lhe que repetisse e ele falou: "Outro dia você manifestou curiosidade a respeito da origem do meu nome. Procurei me informar e posso lhe dizer que *Sdruws* deriva do nome de um alquimista do Renascimento, um certo Petrus Exdruvius, que escreveu — em latim, naturalmente — o tratado *Quod abundat nocet*, quer dizer: 'O que abunda prejudica'".

Fiz-lhe sinal de que quaisquer gracinhas eram inconvenientes, descabidas, na situação em que eu me encontrava. Disse-lhe que já tinha falado tudo o que tinha para lhe falar. Que se retirasse, portanto. Ele se levantou e, ao sair, me entregou um jornal com um artigo que, na opinião dele, iria me interessar.

Na verdade, na atual situação, nada me interessa, a não ser o meu destino. Não tenho disposição para ler coisa alguma. Que interesse um artigo de jornal pode ter para mim? Amanhã vai para o lixo.

Quinta-feira

Grex agit in scaena mimum: pater ille vocatur,/ filius hic, nomen divitis ille tenet./ Mox ubi ridendas inclusit pagina partes,/ vera redit facies, adsimulata perit.
[*A trupe dos comediantes está em cena: um deles representa o pai; outro, o filho; um terceiro, um ricaço. Quando param de fazer rir e cada um já recitou o seu texto, eles tiram as máscaras e aparecem com suas caras verdadeiras.*]

Petrônio, *Sátiras*, LXXX

SDRUWS:

Acordei cedíssimo, o céu ainda estava escuro. Eram quatro da madrugada quando o sono se dissipou, de repente. Andei um pouco pelo quarto, tomei uma ducha, tive uma fantasia erótica: imaginei o que poderia acontecer se àquela hora eu batesse na porta do quarto da fisioterapeuta platipígia. Talvez fosse repelido e considerado maluco. Talvez fosse acolhido com alegria e ardor. Por via das dúvidas, preferi não me arriscar. Melhor evitar mais confusões ainda.

Resolvi sair do quarto e andar um pouco nos jardins desertos do hotel. Maquinalmente, vesti o blusão e ajeitei meu inseparável revólver por baixo dele. Ao descer as escadas, vendo que, inacreditavelmente, havia um casal abraçado no caminho para o jardim, mudei meus planos, segui para a rua. Saudei o sonolento porteiro noturno e me encaminhei para a praça da Reputação Ilibada. Sentei-me num banco discreto, de onde podia ver um bêbado que emergira da rua do Paletó Corajoso, dando passos lentos e se esforçando por manter o equilíbrio. Perto de um arbusto, o sujeito parou para urinar. Era uma operação complicada, havia uma grande dificuldade em abrir a braguilha. Súbito, apareceu um vulto caminhando célere, carregando uma maleta. Passou pelo bêbado como uma flecha. Apesar da escuridão, reconheci-o imediatamente: era Aragon.

Atrás dele vinha um homem que não identifiquei e que visivelmente o perseguia. No meio da praça, o perseguidor alcançou o perseguido, segurou-o com rudeza pelo braço e o esbofeteou. Levantei-me do banco e me desloquei para trás de uma árvore. Ouvi o desconhecido imprecar: "Não adianta tentar fugir, bichona nojenta. Você vai pagar hoje tudo o que está me devendo. Se não, vai morrer com um tiro na boca!".

Pensei, rápido: aquele era o traficante que o anjo temia. Aragon estava devendo ao seu fornecedor de maconha e tinha feito uma tentativa de me pôr no encalço do homem. Se o cara fosse preso como suspeito de ter assassinado Rimbaud, ele ficaria livre do incômodo credor. Uma coisa, porém, não estava clara: por que uma pessoa que dispunha dos vastos recursos financeiros proporcionados por Bergotte deixaria de pagar pela maconha que consumia e se arriscaria não só a sofrer a previsível cobrança violenta do traficante, mas até mesmo a ter sua sobrevivência ameaçada?

Em todo caso, eu precisava agir logo, para impedir que acontecesse mais uma morte. Saí de onde estava e, com o revólver apontado para eles, disse: "Não se movam. Se fizerem um movimento em falso, eu atiro". Por uma fração de segundo, o traficante hesitou; mas, olhando a minha cara e a arma na minha mão, pareceu resignar-se a obedecer. Aragon, aparvalhado, não reagiu.

Com muito cuidado, tomei o revólver que localizei no bolso esquerdo do casaco do indivíduo e um par de algemas que ele trazia no bolso direito. Não revistei Aragon; achei que não precisava. Mandei que se sentassem juntos no banco de onde eu os vira, obriguei-os a colocar os braços em posição adequada e os algemei — o braço direito do traficante e o esquerdo de Aragon —

presos ao encosto do banco. Em seguida, interroguei-os. Perguntei a ambos qual era exatamente o montante da dívida, quanto um devia ao outro. Os dois se mantiveram em silêncio.

Passados dois ou três minutos, a expressão abestalhada de Aragon desapareceu, seus olhos readquiriram um brilho intenso e ele começou a argumentar com veemência: disse que já havia me falado da sua situação de consumidor de drogas, que não cometera nenhum crime, que era afinal apenas uma vítima e não via nenhum sentido em estar algemado ali, junto ao homem que quase o tinha assassinado. "Se este indivíduo me agredir e me fizer algum mal, Sdruws, vou te acusar de conivência, de cumplicidade na agressão, porque você nos pôs juntos e, portanto, colocou um cidadão respeitável, como eu, à mercê de um facínora. Exijo que me liberte imediatamente e entregue este bandido à polícia."

Só então me veio à cabeça a idéia de que talvez ele estivesse armado. Revistei-o e descobri na perna do cidadão respeitável um pequeno revólver, que confisquei no ato. Comentei: "Com esta arma, quem estava à mercê era o outro". Percebi um breve sorriso na expressão do traficante. Perguntei a Aragon o que estava fazendo tão cedo na rua com um malote. Ele disse que ia pegar um táxi na rodoviária para ir à casa de um amigo, numa localidade vizinha. Recusou-se a dar o nome do amigo e a indicar o lugar para onde ia. "Só darei maiores informações na delegacia."

Concordei, mas adverti: "Tenho uma última pergunta a lhe fazer. Gostaria muito de saber o que você tem dentro desta maleta". Sua reação foi sintomática: elevou a voz como se quisesse atrair a atenção, provocar escândalo. Gritou comigo: "Não se meta a besta, Sdruws! Se você não respeitar a minha propriedade, eu lhe dou a minha palavra de honra de que vai se arrepender pelo resto da vida!". Era uma atitude tola: àquela hora, a praça ainda estava vazia. Não me impressionei com a resistência oferecida e, após uma busca minuciosa (que precisou recorrer a alguns tabefes), tomei-lhe a chave da maleta, que estava escondida dentro de um dos sapatos.

Abri a maleta e examinei o conteúdo: muitos maços de dólares (notas de cem e de cinqüenta) e muitas embalagens de cocaína. Olhei-o com expressão de reprimenda: "Você não é um mero consumidor de maconha, Aragon. Você é traficante. E estava dando um trambique nos seus associados. Por isso o seu amigo aqui ao lado veio atrás de você. Por isso você queria que eu o prendesse".

O que levaria um intelectual próspero, usufruindo de uma bolsa tranqüilizadora, aparentemente sem qualquer preocupação financeira, a se tornar traficante? Será que ele já não podia contar com os fartos recursos de Bergotte para alimentar o vício?

Esperei dez minutos, chamei a primeira pessoa que passou pela praça, mandei que avisasse à polícia. Quando a viatura policial chegou, identifiquei-me e entreguei os dois pilantras aos agentes da lei. Depois, voltei para o hotel, ansioso por um bom café da manhã.

ROSINHA:

Seu Expedito mandou que eu viesse e eu vim, mas pedi a ele que ficasse comigo na hora da conversa com o tal do Esdruves. O cara veio do restaurante e nos encontrou na sala do gerente. Seu Expedito disse que ia ficar comigo, a meu pedido, para me dar apoio moral, mas o Esdruves falou que não, que precisava conversar comigo só ele e eu. Fez um gesto com a mão apontando para fora e o pamonha do gerente obedeceu, aceitou ser expulso da própria sala dele. Fiquei muito decepcionada. Seu Expedito é mesmo um banana.

O investigador puxou uma cadeira e sentou bem perto de mim. Explicou que precisava saber umas coisas da minha vida, porque estava apurando um crime. Pediu que eu contasse como era a minha ligação com o seu Mauro e com o seu João Carlos e perguntou desde quando eu transava com eles. Não gostei nem um pouco de falar nesse assunto, mas achei melhor responder, parece que o sujeito pode um bocado.

Contei tudo. Há mais ou menos dois anos, os dois velhotes davam em cima de mim quando eu ia ao bangalô deles recolher a roupa suja e levar a roupa limpa. Resolvi dormir com o seu João Carlos e, na noite seguinte, com o seu Mauro. Abri o jogo com os dois, um sempre soube da minha transa com o outro. Homem é uma criatura muito estranha. Pensei que, depois de conseguir o que queriam, eles iam se desinteressar de mim. Acho que isso talvez até tivesse acontecido, se nenhum deles soubesse do meu envolvimento com o outro. Sabendo, os dois começaram a competir. Cada um me ameaçava e dizia que ia me bater, se eu não largasse imediatamente o outro. Chegaram a me dar uns trancos e uns tapas, mas eu fiquei firme, não recuei. Fiz questão de declarar que estava dividida, que gostava dos dois e preferia assumir isso honestamente. Aí os dois mudaram de política: passaram a me dar presentes. Cada um procurava ser mais sedutor do que o outro. Me deram muita coisa. Vendendo as jóias e guardando o dinheiro que ganhei, consegui até comprar um apartamento na capital. E é por isso que a bunduda — a mocréia, a baranga, a massagista — não gosta de mim, morre de inveja do meu apê.

O Esdruves perguntou sobre a minha transa com o falecido Severino. A pergunta me irritou, mas me controlei e, mais uma vez, prestei o esclarecimento que ele queria. Falei: o Severino era um homem bonito, forte, charmoso, tinha uns trinta e poucos anos, não sei exatamente, mas em todo caso tinha menos de quarenta. Seu João Carlos tem cinqüenta e dois, seu Mauro tem cinqüenta e nove. Não dá pra comparar. Eu até gosto de transar com os meus dois "velhotes", como costumo dizer carinhosamente, mas é uma transa sem empolgação sexual. Um dia, eu vi que estava com tesão pelo Severino. E fui à luta: fui ao bangalô do sujeito, me esfreguei nele — afinal, não sou de se jogar fora — e consegui levar o cara pra cama. Não me arrependo, foi ótimo. Talvez tenha faltado um pouco de delicadeza, de romantismo, de ternura, mas não posso negar: o falecido era mesmo bom de bola.

Qual foi a reação dos dois velhotes quando souberam

da minha trepada com o Severino? Bem, ficaram furiosos, fizeram uma tremenda cena, um drama, um falou em morrer, o outro em me matar, os dois choraram, eu também chorei, mas a tempestade passou e tudo continuou como antes.

O investigador ainda quis saber qual era a minha relação pessoal com o seu Cláudio e com o seu Aragão. Expliquei que não tinha nenhuma intimidade com os dois. Seu Cláudio é um homem muito fechado, não dá muito papo a ninguém. Sei que ele tem uma namorada que vem da capital de vez em quando, mas não sei nem o nome dela. Não sei nem se o homem ainda trepa; me disseram que ele está com sessenta e cinco anos. Quanto ao seu Aragão, pra ser sincera, desconfio que o cara não se interessa por mulher. A dele é outra, entende? Seu Aragão tem toda a pinta de ser gay.

Pra terminar, o Esdruves me fez falar outra vez do que eu vi no dia da morte do Severino; me fez repetir o palavrão que eu tinha ouvido. Perguntou se eu tinha apanhado algum objeto no lugar onde o cara tinha caído, eu disse que não. Então, me deu um sorriso, se desculpou pelo incômodo, agradeceu pela atenção e se despediu. Fiquei pensando: tem qualquer coisa na voz desse homem que me arrepia. Parece que já escutei essa voz num sonho. É uma sensação estranha: talvez eu esteja com tesão por ele.

SDRUWS:

Saint-Ex me transmitiu um recado de Aragon (que

está preso na carceragem da delegacia): queria que eu fosse vê-lo com urgência, tinha importantes informações para mim. Resolvi, contudo, que antes eu merecia almoçar com Drica. Preferi não comunicar à minha amiga a referência perversa de Rosinha à "inveja" da "bunduda", da "mocréia massagista". Mesmo assim, Drica deixou transparecer uma forte antipatia pela moreninha "safada", "vulgarete", "oportunista". Com habilidade, mudei de assunto, para não perturbar a nossa digestão. Comuniquei-lhe o chamado de Aragon, que de dentro da cadeia me anunciava revelações. Drica se animou: "Quem sabe não é a confissão de que foi ele que matou Rimbaud?".

ARAGON:

Chamei Sdruws e ele veio. O delegado me autorizou a telefonar para o meu advogado, que está viajando, mas o escritório me assegurou que ele virá me ver amanhã. Liguei várias vezes para Bergotte, mas os recados que deixo ficam na secretária eletrônica, ele não dá nenhum retorno. Como não sai de casa, sei que ele está lá, e minhas mensagens se encerram sempre com a ameaça: "Bergotte, sei que você está aí, me ouvindo. Então, não se faça de bobo. Atenda, ou ligue de volta. Se não falar comigo, você pode se arrepender amargamente".

Pedi a Sdruws que agisse como intermediário, que tentasse convencer Bergotte a me atender. Expliquei-lhe que Bergotte estava a par da minha crise de criatividade;

eu já insinuara que estava me envolvendo com o tráfico de drogas, na esperança de que uma grande aventura, com os perigos decorrentes dela, poderia me fazer viver experiências intensas, capazes de reacender o fogo da criação literária. Acrescentei: "Você, Sdruws, não sabe o que é para um artista, para um escritor, uma crise de criatividade. Mas Bergotte pode avaliar a gravidade do problema, a dramaticidade da frustração e o sofrimento em face da impotência".

Bergotte sabe de coisas a meu respeito que praticamente ninguém conhece. Sabe, por exemplo, que sou homossexual. E um homossexual, numa sociedade tão repressiva como a nossa, torna-se um ser muito vulnerável. Tive recentemente, durante alguns meses, uma relação amorosa secreta com um funcionário do hotel, um rapaz de nome Creonte. Pois bem: ele é ligado ao tráfico. Foi ele quem me envolveu, me pôs em contato com os traficantes. No início, a minha participação era secundária e eu a via como um segredo emocionante da minha relação com Creonte. Pouco a pouco, entretanto, fui mergulhando cada vez mais nesse universo da marginalidade. Até que passei a assumir funções que me expunham. Comecei a pôr a mão em dinheiro graúdo. E foi aí que explodiu o conflito com Creonte: ele preparou uma armadilha para mim, criou uma situação em que eu aparecia numa posição bastante suspeita e me denunciou à organização. "O resto da história, você conhece: quando tentei escapar, fui perseguido por um membro da gangue e você nos prendeu na praça."

Sdruws ouviu com atenção o meu relato e fez algumas

perguntas. Perguntou, por exemplo, se eu estava com Creonte no momento em que Rimbaud morreu. Confirmei: tinha acabado de sair da fisioterapia e fui ao encontro do então meu amante. Ficamos escondidos atrás de umas árvores próximas à entrada da ladeira que leva ao belvedere, trocando carícias. Creonte não concordou em que fizéssemos amor ali. Eu estava muito excitado, insisti. Ele recusou. Estávamos discutindo em voz baixa quando ouvimos um barulho que não sei definir bem, e vimos a moça da roupa limpa, nervosa, passar correndo para o hotel. A curiosidade nos levou a correr na direção do lugar de onde ela tinha vindo, isto é, na direção do laguinho da cachoeira. Chegando lá, vimos o corpo do Rimbaud estatelado no chão, com a cabeça quebrada, morto. Chegamos bem perto do cadáver quando, de repente, nos demos conta da inconveniência de sermos surpreendidos junto ao corpo de um sujeito que acabara de morrer e resolvemos sair dali rapidamente, pelo caminho que vai dar na rua, antes que aparecesse alguém.

Sdruws perguntou se mexemos no corpo, se apanhamos algum objeto, se notamos alguma coisa diferente no local. Respondi que não mexemos em nada, que ficamos assustados com a situação e tratamos de nos afastar logo dali. Poucos dias antes, eu tinha tido uma altercação com Rimbaud a respeito de uma remessa de cocaína que ele havia recebido e ainda não tinha pagado; Rimbaud me deu uma bofetada, muita gente viu a cena, podiam facilmente imaginar que eu, afinal, tinha me vingado do tapa assassinando o homem. Seria uma hipótese absurda, pois quem me conhece sabe que eu tinha certa afeição por Rimbaud; um tabefe não seria suficiente para destruí-la.

Por fim, Sdruws queria saber: caso Bergotte recebesse o meu recado e insistisse em não falar comigo, o que eu esperava que ele, Sdruws, fizesse? Disse-lhe que advertisse o milionário de que eu sabia quem era o verdadeiro autor do artigo publicado na *Folha de Muirapiranga*. Diante da cara espantada do investigador, informei: "Caso você não saiba, Sdruws, o verdadeiro autor do artigo é o próprio Bergotte. Ele adora fazer esse tipo de brincadeira. Uma vez, na casa dele, depois de esvaziarmos uma garrafa de uísque, ele me contou a história das suas origens familiares alsacianas e falou do sobrenome alemão 'Bergkot', o excremento da montanha. Fez até uma piada de péssimo gosto. Disse que, nesse caso, a montanha não tinha parido um rato: tinha defecado a família dele. Fiquei bastante encabulado com o sarcasmo autodestrutivo do sujeito. Usou o gracejo cruel no artigo para que ninguém imaginasse que era ele mesmo o caluniador debochado oculto sob o pseudônimo Zóilus".

A expressão do guarda-costas ainda mostrava uma acentuada perplexidade, por isso achei conveniente acrescentar o esclarecimento definitivo: "Liguei para um jornalista da *Folha de Muirapiranga*, um puxa-saco, um desqualificado, um mau-caráter chamado Amauri Meloso, cujos podres eu conheço bem. Embora seja um mentiroso, esse cara não teria peito de mentir para mim num caso em que se arriscaria a ser desmascarado, porque sabe que, com as informações que tenho sobre ele, poderia destruí-lo. Mandei, então, que ele descobrisse quem, de fato, tinha escrito a matéria. Em menos de quarenta minutos, ele apurou a autoria e me telefonou: o artigo era de Bergotte, não havia nenhuma dúvida".

SDRUWS:

Antes de sair da delegacia, fiz ao delegado um relato quase completo do que Aragon tinha me dito. Só omiti a passagem relativa à relação do anjo homossexual com Creonte. Queria interrogar Creonte antes de a polícia chegar a ele. O delegado continua me tratando com simpatia, mas com uma persistente desconfiança. Em todo caso, agradeceu pelo "presente" que lhe mandei: os dois traficantes e a maleta. Quando regressei ao hotel, já estava escurecendo; a tarde tinha passado muito depressa. Fui ao bangalô de Aragon, revistei-o de alto a baixo, não achei nada de especialmente interessante. Tive um momento de indecisão: não sabia se procurava Creonte imediatamente ou se primeiro jantava. Hesitei durante cerca de meio minuto. A fome venceu: fui para o restaurante.

Drica já havia jantado, estava tomando chá, fez sinal para que eu fosse para a sua mesa. Contei-lhe tudo a respeito do meu encontro com Aragon na carceragem da delegacia. Disse: "Quero ver se falo com o tal Creonte para ver se o álibi do prisioneiro é confirmado. Vamos ver se além de traficante ele é assassino". Minha amiga riu, apontou um garçom e disse: "Basta você chamar aquele cara ali. É ele o Creonte". Era o sujeito a quem, no jantar da segunda-feira, eu tinha pedido um "bajativo" inexistente.

O garçom se recusou a conversar comigo. Foi bastante ríspido, rosnou algo sobre o fato de que não podiam obrigá-lo a fazer alguma coisa que não estava no contrato de trabalho. Convoquei Saint-Ex para convencer o recalcitrante a submeter-se ao interrogatório, mas nem as ordens do gerente tiveram o poder de demovê-lo da decisão de não me prestar nenhum esclarecimento. Mesmo ameaçado de demissão, Creonte fincou pé: comigo não tinha papo. Fiquei com a impressão de que, se insistíssemos, o homem era capaz de nos agredir (e notei que era um sujeito tão grande e tão forte como eu, com a vantagem de ser bem mais moço).

Pedi, então, para ficar a sós com ele na sala da gerência. E tentei esclarecer qual era a situação: expliquei que não era um policial e não estava interessado em prendê-lo por conta de suas atividades como traficante. Também não estava interessado em apurar coisas da sua vida privada, como a relação com Aragon, por exemplo. Disse que tinha sido contratado como investigador particular para elucidar um crime: o assassinato de Severino, conhecido como Rimbaud. Para isso, precisava saber de algumas coisas: se ele confirmava que estava em companhia de Aragon na hora em que o cara caiu do belvedere. Se confirmava que os dois tinham ido ao local onde estava o corpo, logo depois da queda. E se, depois de dar uma olhada no cadáver, haviam se afastado rapidamente do lugar, seguindo pelo caminho que leva direto à rua.

Creonte, afinal, resolveu falar. Em termos que expressavam um nítido ressentimento, confirmou que estava com "a bicha velha", que ambos tinham ido ver o corpo e, em seguida, tinham corrido para a rua: "o viadão estava com tanto medo de ser surpreendido ao lado do morto que se borrou todo na corrida para sair do hotel". Perguntei se eles tinham mexido no cadáver ou visto no lugar da queda algum objeto que pudesse ter interesse para a investigação: algum documento, alguma arma, algo assim. O garçom coçou a cabeça e respondeu: "Não mexi em nada, com certeza, nem eu nem o punguista de braguilha. Mas, se bem me lembro, havia um canivete perto da mão do morto".

Agradeci a Creonte pela colaboração e informei a Saint-Ex que o garçom continuava empregado. Depois, telefonei para Bergotte. Prestei contas do andamento da investigação, transmiti o recado de Aragon e perguntei se de fato era ele o autor do artigo publicado no jornal. Bergotte riu muito e, à guisa de confissão, respondeu: "Está muito bem escrito, não é mesmo? Espero que você tenha gostado". Admiti que tinha achado o texto extremamente divertido, mas acrescentei que não entendia por que ele fazia críticas tão implacáveis contra escritores aos quais ele mesmo havia concedido, como prêmio, bolsas tão generosas. O milionário, com seu peculiar senso de humor, deu uma nova gargalhada e ponderou: "Talvez eu tenha momentos de generosidade e momentos de lucidez, talvez eu dê dinheiro com uma mão e cascudos com a outra... Quem sabe?". Como percebi que ele estava encerrando a nossa conversa, fiz uma última pergunta sobre o que deveria dizer a Aragon, a respeito da sua ameaça. Bergotte deu uma risadinha final: "Diga-lhe que escreva, que mostre talento. Se não, que se foda".

DRICA:

Por coincidência, nos encontramos no elevador. Foi fácil perceber que Sdruws não estava bem. Convidei-o para um trago, ele aceitou sem vacilar. Reproduziu a conversa que acabava de ter com o milionário e comentou, desabafando: "Não sei como lidar com esse tipo de pessoa. Há algo de aberrante nessa gente muito rica e muito poderosa. Um milionário como Bergotte se entrega à fantasia viciosa de ser Deus, de brincar de onipotente, e joga com as outras pessoas como se elas fossem bolinhas de gude".

Fiquei impressionada com a revelação de que aquele artigo pérfido que eu tinha lhe dado para ler era de autoria do próprio Bergotte. Qual seria, afinal, a intenção dele? O que pretendia, quando desancava com tamanho vigor seus protegidos? Sdruws balançou a cabeça, confessando que também não entendia o sentido da publicação.

Estava meio desamparado, o meu novo amigo. Parecia ter deixado de lado o autodomínio indulgente que habitualmente procura mostrar. Compreendi que a minha querida prima Carlota teve boas razões para se envolver com ele. Falei-lhe de um licor maravilhoso que eu tinha no meu quarto, convidei-o para vir comigo, e ele veio.

Tive um impulso de ternura, passei a mão no seu cabelo crespo. Meu gesto desencadeou um rápido movimento dele em direção a mim: suas mãos seguraram com delicadeza o meu rosto e nós nos beijamos. Fizemos amor, em ritmo prolongado e muito prazeroso. Depois, dormimos até cinco e meia da manhã. Ele então acordou, se despediu de mim, foi para o seu quarto, tomou uma ducha e me encontrou novamente, no restaurante, para o café da manhã. Tomamos suco de laranja, torradas com geléia de damasco, iogurte e bolo de nozes. Fui para a minha saleta de trabalho e ele foi para as margens do laguinho, para o lugar onde Rimbaud caiu; queria localizar um objeto que inicialmente evitou especificar, mas acabou esclarecendo que era um canivete.

Sexta-feira

Aconteceu há mil anos?
Continua acontecendo.
Nos mais desbotados panos
estou me lendo e relendo.

Carlos Drummond de Andrade, *As impurezas do branco*, "Duração"

SAINT-EX:

Sdruws está abusando da minha paciência. Quero ajudá-lo nas investigações, mas não posso ficar permanentemente à sua disposição. Afinal, sou gerente de um grande estabelecimento, desempenho uma função de imensa responsabilidade. Ainda não eram dez horas da manhã e já o sujeito veio me procurar. O que ele queria, desta vez? Queria que eu reconstituísse pormenorizadamente a minha ida ao local onde o cadáver de Rimbaud estava estirado no chão. Adverti o investigador da inutilidade das repetições, não adiantava relatar novamente tudo o que eu já tinha relatado. Mas o homem, na sua costumeira grosseria, insistiu.

Respondendo às perguntas, disse-lhe: que quando Rosinha apareceu, esbaforida, na recepção, fui eu que a segurei pelos ombros e ouvi o que ela dizia. Outras pessoas, próximas, também ouviram, mas fui eu que tomei a iniciativa de pegá-la pelo braço e ir com ela, andando depressa, na direção do laguinho. Outras pessoas vieram atrás de nós. Fomos os primeiros a chegar e eu imediatamente determinei que ninguém tocasse no corpo. Como Rosinha estava muito nervosa, resolvi voltar com ela ao hotel. Pedi a dois de nossos hóspedes assíduos — dois velhinhos que costumam passar as férias sempre conosco, o sr. Carlos Nelson e o sr. Jorge Milton, que estavam lá, pois tinham ido atrás de nós — que impedissem a aproximação de qualquer pessoa. Isso podia ser confirmado por eles, que estão nos quartos 108 e 109. Só depois é que voltei; e, como não localizei imediatamente o médico do hotel, telefonei para a ambulância.

Sdruws ainda queria saber mais coisas. Perguntou se notei junto ao cadáver algum objeto, como, por exemplo, um canivete. Esclareci que não notei nada. Lembrava-me da cena com nitidez e pude garantir que não havia nenhum canivete. Perguntou, ainda, se na ida com Rosinha até o laguinho havíamos encontrado alguém, se alguém havia se incorporado ao grupo. De início, não consegui recordar com clareza. Contudo, após alguns segundos, me lembrei: uns dez metros antes do início do caminho que desce diretamente para o laguinho (e uns trinta metros depois do início do caminho que sobe diretamente para o belvedere), há um banco, e ali estava sentado o Malraux, dormitando. Pareceu se assustar quando passamos e acabou aderindo, nos seguiu até lá embaixo.

A informação, aparentemente, interessou muito ao Sdruws. Quando ele já ia saindo, apressado, o telefone tocou. Era o delegado, que lhe pedia para ir à delegacia.

SDRUWS:

O delegado me perguntou em que pé estavam as minhas investigações. Ouviu meu relato com atenção. Sua polidez não excluía, entretanto, a discreta presença de reservas mentais em face do que eu lhe dizia. Pedi-lhe autorização para fazer uma visita ao bangalô e ao computador do morto, e ele, mais do que autorizar, me emprestou a chave e me deu um pedaço de papel com a senha do computador. Animei-me com o espírito cooperativo e lhe comuniquei minha perplexidade diante da informação de que o artigo publicado na *Folha de Muirapiranga* era de autoria do próprio Bergotte. Num dado momento, me interrompeu com um movimento brusco da mão direita e falou: "Acho que está na hora de você me explicar que canivete é esse que está procurando".

A interrupção teve sobre mim o efeito de um soco na boca do estômago. Durante cerca de meio minuto (que me pareceu meia hora) fiquei estonteado, incapaz de articular uma resposta. Que besta, eu sou! Pela segunda vez, o sujeito ouvia as minhas conversas e me punha numa situação ridícula, extremamente desmoralizadora, do ponto de vista profissional. Fiquei com raiva de mim mesmo. Como pude ser tão bisonho? Como pude me descuidar a ponto de deixar que pela segunda vez gravassem minha voz, numa circunstância em que eu dizia coisas comprometedoras?

Em seguida, a irritação mudou de alvo e se fixou na figurinha deletéria do gerente do hotel. Se haviam instalado microfones no restaurante e até no quarto da Drica, é evidente que contavam com a conivência de Saint-Ex. Quer dizer: Saint-Ex cumpria as ordens do patrão, me dava apoio, porém ao mesmo tempo me traía, viabilizando a espionagem da polícia.

Logo, de irritado passei a assustado. Pensei: e se, agindo dessa forma, fingindo colaborar comigo e de fato colaborando com o delegado, o gerente estiver obedecendo à orientação do próprio Bergotte?

Finalmente, consegui me recompor e prometi ao

delegado: "Não posso, ainda, dar a explicação que estou lhe devendo. Mas posso lhe assegurar que, pondo a mão nesse canivete, que pertencia ao morto, o caso ficará resolvido, tudo vai se esclarecer, direitinho. E assumo um compromisso: entregar-lhe esse canivete no máximo até amanhã de manhã".

O delegado passou a mão pelo cabelo grisalho, ajeitou os óculos, pigarreou, olhou pela janela e disse: "Você me deixa numa situação muito delicada, Sdruws. Se não esclarecer tudo até amanhã de manhã, quem vai esclarecer — ao meu modo — sou eu. Você sabe o que isso significa, não sabe?".

Respondi: "Sei".

Aí ele me mandou embora: "Estou lhe dando uma última chance".

Saí, quase correndo, e entrei em ação.

MALRAUX:

Quando voltei da fisioterapia, encontrei o meu bangalô todo revirado. Alguém tinha invadido a minha casa e mexido em tudo. Passado o susto, tomei imediatamente as devidas providências. Primeiro, comuniquei o acontecimento — inadmissível! — a Saint-Ex. Depois, fui pessoalmente à delegacia e exigi que se fizesse o registro da ocorrência e se abrisse um inquérito. Voltei ao bangalô em companhia de um policial, um detetive, que apurou que o delinqüente que invadira a casa tinha quebrado o vidro da janela e entrado por ela. Comecei a averiguar, pacientemente, se alguma coisa havia sido roubada, se algum objeto havia desaparecido. De início, dei por falta de uma caixa onde costumo guardar os disquetes, ao lado do computador. Logo, porém, verifiquei que a caixa, com todos os disquetes, estava atrás de uma poltrona, que havia sido deslocada de seu lugar habitual.

Solicitei à gerência do hotel que me mandasse um empregado para providenciar a arrumação do que tinha sido desarrumado. Despachei o tira que tinha vindo comigo, já que afinal nada havia sido roubado. Não tenho dúvida a respeito de quem invadiu meu bangalô. E sei também o que ele estava buscando. Mas vai se arrepender mortalmente. Mesmo que consiga pôr as mãos no objeto que deseja tomar de mim, não poderá usá-lo conforme pretende. Em todo caso, vou tomar uma providência urgente: contratar um guarda-costas.

DRICA:

Almoçando com Sdruws, percebi que ele não está se sentindo inteiramente à vontade comigo depois do que aconteceu ontem à noite. Antes de nos sentarmos à mesa, advertiu-me de que a polícia tinha microfones instalados em toda parte, até no meu quarto. Enquanto comíamos, falou pouco e medindo as palavras. Apontou várias vezes para os locais onde possivelmente haveria algum microfone. Tentei fazer algumas brincadeiras sobre a espionagem, mas só arranquei dele uns poucos sorrisos murchos. Tive a sensação de que o natural cuidado com o que dizia (e que poderia estar sendo gravado) era ampliado pela disposição de evitar que o nosso encontro amoroso da véspera virasse tema de conversa.

Depois do almoço, fizemos uma caminhada até o pomar, e lá, sempre em voz baixa, me falou do tal canivete. Segundo ele, o canivete pertencia ao falecido Rimbaud e, por uma razão que ainda não podia ser revelada, seria a chave para a solução do caso: indicaria não só quem o havia matado mas também o motivo do crime. Disse: "Confie em mim". Para demonstrar que confiava, beijei-o longamente.

De repente, sentimos que havia alguém por perto, um vulto se aproximara de nós. Sdruws, instintivamente, se voltou para o lado de onde vinha o ruído e sacou o revólver. Logo, contudo, nos tranqüilizamos: era a figura humilde do jardineiro, o seu Hortêncio. Apresentei-o a Sdruws, que na mesma hora guardou a arma.

Seu Hortêncio é meu amigo, confia cegamente em mim desde que teve uma crise de coluna e eu o ajudei a superá-la, em algumas sessões de fisioterapia. Seu Hortêncio tem uma enorme dificuldade para se expressar por palavras, mas por outros meios consegue comunicar muito claramente o que está sentindo. Estava alegre com o fato de ter nos encontrado. Apontou para Sdruws e para mim, rindo, e repetiu várias vezes a palavra "amor". Depois, segurou no braço do constrangido Sdruws e perguntou, com um ar meio conspirativo: "Polícia?". Antes que Sdruws respondesse, confirmei, pressentindo a conveniência da resposta para estimular uma possível revelação: "Polícia, sim, mais ou menos". Seu Hortêncio abriu mais uma vez sua sorridente boca desdentada, feliz de ter acertado, e, apontando para seu próprio olho, confidenciou: "Pois eu vi o *hômi* matar o moço na terraça da cachoeira...".

Com o coração aos saltos, conduzimos seu Hortêncio até um banco e nos sentamos, os três. Sdruws fez sinal para mim, queria que eu continuasse o interrogatório. Pedi ao jardineiro que nos contasse tudo. E ele nos relatou, à sua maneira, uma história surpreendente. Na hora do almoço, costuma subir um morro, para ir comer sozinho num lugar de onde, segundo nos informou, pode ver duas quedas-d'água: a que fica perto do hotel e uma outra, chamada Véu da Noiva, na direção da estrada que leva a Muirapiranga. No dia do crime, na hora do assassinato, percebeu que duas pessoas estavam no belvedere, dois homens. Viu quando os dois lutaram, quer dizer, tiveram uma briga super-rápida, e um deles empurrou o outro. Não conseguiu identificar, naquele momento, nenhum dos dois. Soube mais tarde, no mesmo dia, que o cara que havia caído lá de cima e tinha morrido era "aquele seu Severino".

Sdruws queria saber quem era, segundo ele, o "hômi" que tinha matado o outro. O jardineiro explicou: "Ih... tudo muito longe, e a minha vista é fraca, não dava pra ver direito não". Fez-se um silêncio prolongado. Do hotel nos chegava o som pálido de um aparelho de rádio (ou de televisão?) tocando Chico Buarque. Seu Hortêncio abriu novamente a boca desdentada num sorriso amplo, entre tímido e malicioso, para acrescentar: "Não dava pra ver a cara do *hômi* não, mas a camisa verde-escura de manga comprida era igualzinha à camisa verde-escura que aquele seu João Carlos — esse que os outros chamam de Russô — costuma usar".

Sdruws me puxou um pouco para o lado e pediu que eu lhe fizesse um favor. Embora a informação que nos era trazida estivesse bastante prejudicada pela confessada "vista fraca" do jardineiro, era importante repassá-la imediatamente ao delegado. Sdruws queria, então, que eu levasse o seu Hortêncio para depor, enquanto ele iria vistoriar o bangalô de Rimbaud e em seguida tentaria convencer Malraux a entregar-lhe o canivete que pertencia ao morto.

SDRUWS:

Examinei o bangalô de Rimbaud, olhei as estantes de livros, a despensa, os armários de roupas, o sofá, as poltronas, a cama. Descobri na geladeira um resto de bolo-de-rolo e meio litro de iogurte surpreendentemente bem conservados, considerando-se o transcurso de mais de um mês. Embaixo da torradeira, grudado com fita isolante, ainda havia um pacotinho de cocaína. Na mesinha-de-cabeceira, um artigo assinado por João Carlos Suslov, o anjo Rousseau. Passei os olhos: era uma diatribe racista, e alguém — provavelmente o morto — havia escrito à margem do texto, à mão: "Só mesmo dando muita porrada nesse racista de merda!".

No computador, localizei a correspondência ativa e passiva, uma intensa troca de bilhetes amorosos com uma quantidade incrível de mulheres, algumas reclamações de editores relativas a compromissos assumidos e não cumpridos. E uma mensagem eletrônica recebida por Rimbaud dois dias antes de morrer, na qual o milionário Bergotte lhe dizia: "Rimbaud, recebi seus originais. Li o trabalho com atenção, sempre na expectativa de reencontrar nele as qualidades que me encantaram no seu pequeno ensaio sobre o erotismo e a pornografia na literatura de Apollinaire. Infelizmente, fiquei decepcionado. Vejo que você está argumentando de maneira frouxa e escrevendo como um principiante. Sinto-me obrigado a ser rudemente franco: seu texto está uma merda. Lamento. Bergotte".

Pouco a pouco, comecei a me sentir cada vez mais melancólico. O contato com aquelas pessoas estava me fazendo muito mal. Os anjos eram insalubres, mas o mecenas que os protegia e me pagava também me revirava o estômago.

Saí da casa de Rimbaud, respirei uma lufada de ar puro e me dirigi para a casa de Malraux. Toquei a campainha, ele mesmo me abriu a porta e foi logo dizendo: "Esta, sim, é a maneira civilizada de entrar na casa dos outros. Só um delinqüente, um desqualificado, quebra o vidro de uma janela para invadir um domicílio". Retruquei, rispidamente: "Não encha o meu saco, Mauro Teodoro. Me entregue o canivete do falecido Rimbaud. Você sabe que eu preciso dele e não estou brincando". Com voz glacial, o sujeito respondeu: "Eu também não estou brincando, Sdruws".

Só então me dei conta de que na sala onde estávamos

havia uma terceira pessoa: imóvel, de pé, junto à porta que dava para o corredor e para a cozinha, pude enxergar um gigante mal-encarado, com nariz de lutador de boxe, orelhas de lutador de jiu-jítsu, olhos de débil mental, ombros de remador, altura de jogador de basquete, pernas de jogador de futebol e braços de levantador de peso. Pude perceber, além disso, que a mão direita do monstro empunhava um revólver. Com uma voz fina, que não correspondia à sua figura, me intimou: "Vire de costas e ponha as duas mãos na parede".

Fazendo um considerável esforço para manter a dignidade, permiti que o brutamontes me revistasse e tomasse a minha arma. Vi quando ele a colocou, junto com a própria arma dele, dentro de uma gaveta do armário próximo à porta. E vi quando adaptou à sua mão direita uma imponente fileira de anéis, retirada da mesma gaveta: um soco-inglês. A situação era bastante desanimadora. Optei por agir como se ignorasse a presença do guarda-costas e, voltando-me para Malraux, insisti na minha reivindicação: "Não há nenhum motivo para perdermos tempo, Mauro Teodoro. O canivete não tem nenhum interesse para você. E eu preciso dele". O pulha falou: "Sei que precisa. Você quer provar que o canivete foi usado por Rimbaud para ferir o sujeito que o matou. Para isso, seria necessário examinar os resíduos de sangue que estavam no canivete. Mas esse exame não pode mais ser feito, porque eu limpei o canivete muito bem limpado. Você não vai poder usá-lo para incriminar ninguém".

Sentindo-se seguro, contando com a proteção do gorila que havia contratado, Malraux tirou do bolso o reluzente objeto e, desafiadoramente, exibiu-o para mim. "Ele agora não lhe serve de nada, Sdruws. Mas, se você quiser, pode tentar pegá-lo à força. Só que tome cuidado! Pode ser que você acabe levando a maior surra da sua vida. E eu lhe asseguro que vou gostar muito de ver essa cena."

Enquanto ouvia, eu examinava atentamente o espaço onde estávamos. A sala era grande, tinha duas portas e duas janelas (uma delas aberta). A disposição dos móveis formava dois ambientes: no primeiro, um sofá e duas poltronas, um moderno aparelho de som, uma mesa baixinha, com um magnífico samovar, e outra um pouco mais alta, com um aquário e um peixe maravilhoso, meio vermelho, meio dourado; no segundo, uma mesa de jantar e seis cadeiras, um armário, um antigo (e belíssimo) relógio de parede e uma imponente reprodução em tamanho natural da Gioconda de Da Vinci. Fiz um movimento que sugeria resignação: encolhi os ombros, como se estivesse reconhecendo a derrota, e falei: "Bem... já que você não quer mesmo me entregar esse canivete...".

O resto da frase veio com uma ação rápida que os adversários não haviam previsto: desloquei-me como um raio na direção do aquário, derrubei a mesa na direção de Malraux — que deu um salto para o lado, mas ainda assim teve o desprazer de ser atingido por uns poucos cacos de vidro, por muitos respingos de água e pelo maravilhoso e saltitante peixe avermelhado. Prolongando o meu movimento, peguei o samovar e o usei como escudo para me proteger do soco desfechado pelo gigante, que vinha célere na minha direção. Provoquei um choque ruidoso: a mão dele, munida com o soco-inglês, destroçou o samovar, que no entanto se vingou, causando algum estrago nos poderosos dedos do agressor.

Em seguida, sem interrupção, aproveitando a vantagem que havia conseguido com a minha iniciativa, arremessei o samovar (o que restava dele) contra o delicado aparelho de som. Retirei da parede o quadro da Monalisa, quebrei-o, empunhei um pedaço da moldura e, usando-o como uma pequena lança, ameacei espetar o grandalhão na cara — mas de fato espetei-o foi no baixo-ventre. Malraux fez menção de correr para o armário, para abrir a gaveta e pegar um dos revólveres, porém consegui impedi-lo de chegar lá: quebrei uma cadeira nas suas costas e ele caiu, gemendo.

O guarda-costas colossal, apesar da mão machucada e do baixo-ventre danificado, não se dava por vencido: resolveu me imitar e passou a arremessar cadeiras contra mim. Uma delas me atingiu no braço esquerdo, senti uma dor violenta. O sujeito riu. Aproveitei a ocasião para recorrer a um velho truque que só pode dar certo quando aplicado a um completo idiota: arregalei os olhos e fingi que estava vendo alguma coisa atrás dele. Por uma fração de segundo, o imbecil se distraiu. Peguei um cinzeiro de pedra sobre o braço de uma das poltronas e joguei-o na direção da cabeça dele. Com tanta sorte que o objeto lhe acertou a boca. O gorila grunhiu e se curvou, cuspindo sangue. Saltei por cima de Malraux, que continuava caído, abri a gaveta do armário, tirei dela a minha arma, confisquei a do inimigo. Adverti o gigante: "Qualquer movimento em falso, eu te recheio de chumbo quente". E, finalmente, completei a frase interrompida que estava devendo ao morador do bangalô: "Já que você não quer mesmo me entregar esse canivete... só me resta tomá-lo à força".

Quando me abaixei para pegar o canivete, entretanto, Malraux me surpreendeu, furando com ele minha perna, pouco acima do tornozelo. Deixei escapar um grito. O guarda-costas esboçou um movimento indicando que pretendia vir em socorro do seu patrão, mas dei um tiro para assustá-lo e ele se retraiu. Então, pisei com força na mão do traiçoeiro Mauro Teodoro, dei-lhe uma coronhada na cabeça e consegui tirar dele o tão disputado canivete.

SAINT-EX:

Como dizem por aí, uma desgraça nunca vem sozinha. A agência de viagens acaba de me confirmar a chegada amanhã de mais um grupo de turistas estrangeiros. O hotel vai ficar lotado. Para os negócios do patrão, a notícia é muito boa. Para mim, no entanto, a chegada desse bando de gringos significa mais trabalho. Eu já estava tomando as providências preliminares imprescindíveis, convocando mais prestadores de serviços, quando me aparecem Malraux, bastante machucado, e um sujeito grandalhão, que supus ser o guarda-costas contratado por ele, também ferido e sangrando muito. Fui obrigado a interromper o que estava fazendo para providenciar um táxi, que os levou à Clínica Pedro Solby, com a qual temos convênio.

Foi só eu retomar meus afazeres e apareceu o Sdruws, apoiado na fisioterapeuta, a dra. Drica, com quem o homem está tendo um romance. Ela me pediu para enviá-lo a um médico de confiança, porque ele estava com o braço esquerdo quebrado. Percebi, evidentemente, que tinha havido uma briga feia entre o Sdruws, de um lado, e o Malraux e o guarda-costas, de outro. E percebi que, apesar do braço quebrado, Sdruws tinha levado a melhor, pois os outros dois brigões estavam em pior estado do que ele.

Expliquei à doutora que não convinha levá-lo para a Clínica Pedro Solby, já que os outros dois estavam lá e o reencontro poderia reacender o conflito. O próprio Sdruws falou que não se importava de pagar pelo atendimento; para evitar uma nova troca de bofetões, dispensava as vantagens do convênio. Mandei-o, então, para o dr. Peter Heinrich.

DRICA:

Mal voltei da delegacia, trazendo o seu Hortêncio, que havia prestado depoimento, e encontrei Sdruws cambaleando, tentando chegar à recepção do hotel. Procurei ampará-lo. Falei com Saint-Ex, que estava nervoso e nos mandou de táxi para um médico de óbvia origem alemã. O doutor, por coincidência, tinha sido aluno do pai de Sdruws, um médico que, conforme fiquei sabendo ali na hora, morreu muito cedo. Peter Heinrich me pareceu muito eficiente: logo constatou a fratura no raio-X, engessou o braço, fez um curativo na perna e, após uma hora de observação, liberou o paciente.

Jantamos numa trattoria próxima ao consultório médico. Comemos uma ótima lasanha de camarão e palmito. Durante o jantar, Sdruws me contou o que havia acontecido e eu lhe falei do depoimento prestado pelo seu Hortêncio. Comentei: "O que vai irritar mais o racista do Rousseau é o fato de ele estar sendo considerado suspeito com base no depoimento de um negro". Sdruws pareceu se animar subitamente, achou muita graça no meu comentário. Dava até a impressão de ter esquecido que estava com o braço quebrado e a perna estropiada. Fez questão de pagar a conta e, antes de sairmos, deu um rápido telefonema. Ligou para a delegacia e se certificou de que, apesar de já serem nove horas da noite, o delegado ainda estava lá. Pediu-lhe que esperasse cinco minutos, que ele tinha algo para lhe entregar.

Na delegacia, para onde fomos, entregou o canivete ao delegado, que então o chamou para uma saleta isolada. Os dois tiveram uma conversa em voz baixa que durou cerca de vinte minutos. Tenho um ouvido extremamente aguçado, mas não consegui escutar quase nada. Duas ou três vezes me pareceu ouvir o nome da Rosinha, aquela mulherzinha vulgarete, mas isso não parecia fazer nenhum sentido, em tais circunstâncias. Quando voltaram, dava para ver que tinham chegado a um bom entendimento. O aperto de mão que trocaram na despedida sublinhava o acordo.

A caminho do hotel, Sdruws me falou que Rousseau seria chamado a depor no dia seguinte, de manhã. Notei que não pretendia me informar de tudo o que havia sido dito na conversa com o delegado, mas não me aborreci com essa reserva, que me pareceu natural.

SDRUWS:

Drica e eu chegamos de volta ao hotel depois das dez horas da noite. Para minha surpresa, numa das poltronas do saguão, à minha espera, estava d. Laurinda, acompanhada de Maria Orlanda, a filha única do seu primeiro casamento, uma moça muito recatada. Abracei-as, comovido, e as apresentei à Drica, que logo pediu licença e discretamente se retirou.

D. Laurinda se emocionou ao ver o meu braço esquerdo na tipóia. Falou algo a respeito dos seus pressentimentos: "Sempre que você está para ser ferido, eu tenho a premonição, sinto quando uma coisa ruim vai te acontecer". Nem sempre entendo o que d. Laurinda diz, mas fico sensibilizado pela sinceridade da sua preocupação comigo. Segurou longamente minha mão direita, com os olhos cheios de lágrimas.

Vi passar um garçom, chamei-o; por coincidência, era Creonte. Agimos como se antes nunca tivéssemos nos encontrado. Pedi-lhe, por favor, que trouxesse suco de laranja para as minhas amigas, e ele logo providenciou a bebida. Ao entregar o copo a d. Laurinda, permitiu que ela, num gesto de agradecimento, lhe tocasse levemente a mão.

D. Laurinda, então, estremeceu; fechou momentaneamente os olhos, como se estivesse sob o impacto de uma suave descarga elétrica, e sussurrou para o garçom: "Você precisa mudar de vida, meu filho. Se não mudar, daqui a pouco tempo vai sofrer uma violência muito grande".

Creonte me olhou com os olhos arregalados e, em seguida, com uma expressão de ódio, certamente convencido de que eu tinha falado a respeito dele com a minha amiga. O mal-entendido foi constrangedor. Tentei explicar que d. Laurinda era vidente, mas o estrago estava feito: Creonte se afastou, furioso. D. Laurinda ainda se justificou para mim: "Eu tinha que prevenir o moço".

Bebeu devagar o suco de laranja, olhou devagar ao redor e comentou: "Que ambiente carregado!". Senti um arrepio. Que pessoa mais incrível! Fiquei com vontade de perguntar o que ela tinha vindo fazer, mas continuei calado, esperando. D. Laurinda sorria, um sorriso de beatitude, enquanto dizia: "Desde que você era um menino, nós sempre nos compreendemos, não é mesmo, Sdruws?". Eu me sentia encabulado. Será que nos compreendíamos, de fato? Em todo caso, nos queríamos bem um ao outro.

D. Laurinda me advertiu para tomar cuidado, meus inimigos iam tentar me fazer mal nos próximos dias. Depois se levantou e disse: "Você está cansado, precisa descansar". Perguntei-lhe se tinha condução para voltar para casa, ela me tranqüilizou: Maria Orlanda estava motorizada, tinha um fusca à espera delas.

Quando estávamos nos despedindo, vimos Creonte

passar, algemado, entre dois tiras. A investigação do delegado havia chegado a ele; provavelmente Aragon tinha resolvido entregar à polícia seu parceiro e ex-namorado. Creonte, que supunha estar sendo preso por denúncia minha, passou por nós e me fuzilou com o olhar.

D. Laurinda ficou assustada: "Se cuide, Sdruws, esse moço odeia você". Sosseguei-a: "Ele agora está preso, não pode fazer nada contra mim". Ela, porém, não ficou muito convencida: "Mesmo de dentro da cadeia, ele é capaz de mandar alguém pra te destruir". Pensou um pouco, me olhou nos olhos fixamente e acrescentou: "E, além disso, ele é capaz de fugir da cadeia e voltar pra te pegar".

Sábado

No mal estar em que vivo,
no mal pensar em que sinto,
sou de mim mesmo cativo,
a mim mesmo minto.

Fernando Pessoa, *Cancioneiro*, 170

SDRUWS:

Acordei outra vez muito cedo, embora não tão cedo como ontem. Tomei café, iogurte com mel, comi uma fatia gorda de bolo de chocolate, bebi um suco de manga e devorei um pão quente com prosciuto di Parma e queijo derretido. Depois, com remorso, fiz uma caminhada para queimar o excesso de calorias.

Às nove horas, quando vi Rousseau sair do seu bangalô para ir depor na polícia, arrombei a janela e entrei. Era a terceira janela que eu quebrava, naquela semana: um ritual que já tinha passado a ser, digamos, a minha marca registrada na invasão dos bangalôs. Os usuários, ao ver os cacos de vidro, poderiam concluir: Sdruws esteve aqui.

Fiz uma revista minuciosa em todos os cômodos. Não me preocupei em deixar as coisas arrumadas, tais como estavam antes da minha chegada. Queria, realmente, que Rousseau percebesse os sinais da minha passagem desaforada pelo seu espaço doméstico. Revirei a cama, as poltronas, o sofá; remexi nos armários, nas gavetas. Numa delas, estava uma xerox do artigo de Rousseau lido por Rimbaud, com a anotação feita na margem pelo falecido: "Só mesmo dando muita porrada nesse racista de merda!". Rousseau, portanto, espionava Rimbaud. Tinha cópia de um texto que o outro havia lido e no qual havia feito uma observação manuscrita!

Examinei minuciosamente o computador. Durante os primeiros noventa minutos, encontrei pouca coisa. Na correspondência arquivada, várias cartas de uma associação neonazista agradecendo pelas polpudas contribuições financeiras à "causa". Num bilhete para um certo "Fx", signatário de duas das cartas de agradecimento, uma advertência feita por Rousseau a propósito de Rimbaud: "Cuidado com o Severino, ele é enxerido, é perigoso". Imprimi duas cópias, uma para mim, outra para o delegado.

Quando já eram quase onze horas, contudo, descobri que a mesa da copa tinha uma gaveta secreta na qual estava guardada uma pasta com diversos papéis, comprovando uma intensa atividade de propaganda racista em publicações ilegais. Rousseau escrevia os editoriais de uma revista cuja capa estampava a suástica. E eu tinha nas mãos as provas da sua atividade criminosa. Dessa vez, nenhum advogado poderia livrá-lo de uma condenação!

Levei o material para o cofre do hotel e liguei para o delegado, comunicando o achado. Subi ao meu quarto, tomei um bom banho, com as devidas precauções para não molhar o braço engessado. E fui ao encontro de Drica, para almoçarmos.

O almoço estava delicioso: um leitão em vinha-d'alhos pra ninguém botar defeito. De sobremesa, uma esplêndida bavaroise de morango. Quando já estávamos no cafezinho, Saint-Ex veio falar conosco e comunicou que o delegado havia marcado uma reunião com *todos* no domingo de manhã, às onze horas, depois da missa. Na reunião, seria comunicado o resultado da investigação sobre a morte de Rimbaud. E seria revelada a identidade da pessoa que o matara.

Indaguei a Saint-Ex: "Quem está abrangido na palavra *todos*?". Ele esclareceu: Drica e eu, ele mesmo, Claudel, Malraux, Rousseau, Aragon (que ainda está preso, mas será trazido pela polícia), seu Hortêncio e Rosinha. "Uma dessas pessoas" — comentou Saint-Ex com um sorrisinho nervoso — "é o assassino."

Devolvi-lhe o sorriso, dizendo: "Eu sei". Em seguida, despachei-o e me despedi de Drica, porque ainda tinha umas coisas a fazer.

DRICA:

Estava na minha saleta de trabalho, aguardando a chegada do próximo cliente, pensando na reunião marcada pelo delegado. A ausência, entre os convocados, do garçom, o Creonte, e do traficante preso em companhia de Aragon talvez fosse sintomática: o crime, então, não estava ligado às atividades do tráfico? Fiquei matutando: quem seria o criminoso? De uma coisa, ao menos, eu estava certa: não era eu.

Nesse momento, a televisão, que estava ligada, noticiou que um preso de nome Creonte Siqueira, ao ser transferido, com febre, para uma enfermaria do Hospital Central da Guariroba, havia sido libertado por seus cúmplices, traficantes de drogas. Na fuga, os delinqüentes haviam ferido um guarda.

SAINT-EX:

A dra. Drica me avisou da fuga do Creonte. Liguei para o delegado, mas ele saiu, em diligência. Não sei o que fazer. Que providências devo tomar? Meus nervos estão à flor da pele. Já recorri a um calmante, mas sinto que ainda não fez efeito. Meu Deus, que situação desagradável! Chegou o novo grupo de turistas estrangeiros, preciso controlar o atendimento, e corro o risco de ver aparecer por aqui o bandido do Creonte. Quem sabe, agora que foi desmascarado, ele não resolve se vingar de mim, achando que eu tenho alguma coisa a ver com a prisão dele?

Espero que esse pesadelo termine logo.

ARAGON:

Não se pode confiar em ninguém. Bergotte me abandonou, o crápula. O advogado esteve aqui, alegou que a maleta cheia de dólares e cocaína pertencia a mim e que portanto não havia nenhuma prova contra o traficante. Resultado: o traficante saiu, foi libertado por um habeas corpus, e eu — um cidadão honrado, escritor conhecido — fiquei mofando aqui na carceragem da delegacia.

Agora, o delegado saiu numa diligência, o comissário de plantão resolveu limitar meu direito de usar o telefone e ninguém quer me explicar qual é o objetivo da tal reunião que está marcada para amanhã de manhã e à qual serei forçado a comparecer, algemado.

CLAUDEL:

É absurdo, é monstruoso o que fazem comigo. Tenho ligado para Dionísia nas mais diversas horas do dia, mas ninguém atende. Tentei várias vezes falar com Bergotte, mas ele me ignora, meus recados morrem na secretária eletrônica e são enterrados, anonimamente, na fossa comum do eterno esquecimento. Os ferimentos nas minhas nádegas custam a cicatrizar e ainda doem bastante; o médico, entretanto, me diz que estou "fazendo fita". Os serviços do hotel pioram a cada dia: a limpeza deixa muito a desejar e a lavagem de roupa anda muito lenta.

Outra coisa: considerei acintoso o tom com que o cretino do Saint-Ex me comunicou que é "obrigatório" o meu comparecimento a uma reunião que será promovida amanhã de manhã pelo delegado, "sob pena de ser levado à força".

MALRAUX:

Passei uma noite horrível. O ferimento causado pela coronhada na cabeça me incomodou muito, mas a dor realmente insuportável é a dor da mão. Será que a engessaram direito? O filho da puta do Sdruws tem uma pata de elefante, esmagou a minha mão. Assim que voltar ao meu bangalô, vou procurar um advogado para processar o cara. Ele vai ver o que é bom pra tosse: vai me pagar uma boa indenização. Segunda-feira — depois de amanhã — vou entrar na Justiça com uma ação contra ele.

Antes de tomar essa providência, contudo, ainda tenho que comparecer, amanhã, à reunião no hotel, marcada pelo delegado.

ROUSSEAU:

Encerrado o penoso depoimento, fui ao Sol Nascente, na expectativa de um bom almoço, e me decepcionei: um problema com o gás impediu a cozinha do restaurante de funcionar. As calamidades não acabaram aí: frustrado no meu anseio por uma refeição de qualidade, comi um mísero sanduíche. Passei no caixa automático, fiz uma retirada para um programa especial no domingo à noite: como Malraux está no estaleiro, com a mão amassada e a cabeça quebrada, posso convidar Rosinha para irmos ao circo em Muirapiranga e depois dormirmos na Pousada da Maria Braga, que ela adora, por causa do sistema de hidromassagem nos banheiros. É quase certo que ela vai aceitar, sobretudo se eu lhe der um presentinho caprichado.

Vim para casa e, ao entrar, me dei conta, imediatamente, de que haviam arrombado o bangalô e remexido em tudo. Não foi preciso fazer nenhuma investigação para apurar quem tinha feito aquilo: só uma pessoa teria desfaçatez bastante para arrombar a janela e meter a mão nas minhas coisas.

Estava sentado na poltrona verde da sala, pensando nas providências que deveria tomar, quando justamente o pulha apareceu. Como eu tinha esquecido de fechar a porta à chave, Sdruws — só poderia mesmo ser ele — entrou e se sentou, sem cerimônia, na poltrona marrom. Era evidente que ele queria me provocar; pretendia me enraivecer para que eu assumisse alguma atitude impensada, que ele trataria logo de aproveitar. Procurei, portanto, mobilizar todas as minhas energias no sentido de não perder o autodomínio. Comuniquei-lhe, num tom frio, sibilino, que ia providenciar o registro da ocorrência na delegacia policial. Disse que sabia muito bem que era ele o invasor do meu domicílio e acrescentei que sabia também o que ele estava buscando.

Como o bestalhão permanecia em silêncio, expliquei-lhe: "Você estava procurando a camisa verde-escura de manga comprida, para fortalecer a denúncia caluniosa daquele crioulo fedorento. Mas ela não está aqui em casa, você quebrou a cara". Resolvi falar sobre o que pretendia fazer como se já tivesse feito e lhe disse que já havia entrado em contato com o meu advogado: "Ele vai desmascarar esse caluniador, vai botar o jardineiro na jaula, que é de onde o macaco nunca deveria ter saído".

Fez-se uma pausa. Provoquei-o: "Você, que é um tipo amulatado, se solidariza, naturalmente, com o negrinho safado. Espero que essa solidariedade seja levada às últimas conseqüências e os dois acabem juntos, encarcerados numa mesma cela".

Sdruws continuava calado. Adotei sua estratégia e me calei, igualmente. Após uma longa pausa, o capadócio enfim abriu a boca: segundo me comunicou, havia recolhido documentos que serviriam como provas no processo que me seria movido por racismo. Ameaçoume com a previsão de que eu é que seria enjaulado. E advertiu que qualquer agressão ou ato de violência contra o jardineiro Hortêncio agravaria minha situação no processo a que eu responderia. Garanti-lhe que não pretendia sujar minhas mãos, pondo-as em contato com epidermes asquerosas: "Só toco em merda por descuido".

Ele grunhiu qualquer coisa a respeito de eu ter "espionado" a vida de Rimbaud. Falou que tinha provas da "espionagem".

Nesse momento, bateram à porta, levantei-me e fui abrir.

SDRUWS:

A vida nos impõe tarefas que às vezes são extremamente desagradáveis. Minha visita a Rousseau não devia me proporcionar nenhuma alegria. De fato, desde o começo nossa conversa foi penosa. Dei-lhe todos os recados que tinha para dar, ele reagiu com insultos, e eu já estava me preparando para ir embora quando dois sujeitos bem vestidos bateram à porta.

Um deles tinha porte atlético, usava um terno cinzento bem cortado e sapatos de bom couro, magnificamente encerados. O outro era meio rechonchudo, mas além do terno marrom impecável ostentava um imponente colete. Ambos estavam de óculos escuros. Logo que entraram, disseram que tinham vindo em nome de Creonte. "Como o nosso amigo Creonte está doente" — explicaram —, "ele nos encarregou de cobrar uma dívida."

Pareciam sentir orgulho do que consideravam ser uma "boa aparência", pois comentaram conosco que, embora o hotel estivesse cheio de "tiras", à espera do aparecimento de Creonte, ninguém havia suspeitado deles. O gordinho chegou a dizer, com voz anasalada e sorrindo: "A gente parece sermos gente fina".

Por um momento, tive a impressão de que a "dívida" que tinham vindo cobrar era comigo, que o garçom havia me denunciado à sua quadrilha como o delator que o metera prisão e que agora eles estavam ali para me "justiçar". Apesar do braço engessado e do ferimento na perna, comecei a me preparar para mais uma briga, desta vez em condições ainda mais desfavoráveis que as da véspera.

Contudo, não era eu o "devedor": era Rousseau. Dirigindo-se a ele, o atleta do terno cinzento explicou: "O senhor está devendo ao nosso amigo Creonte as entregas que ele lhe fez nos últimos dois meses".

Foi considerável o esforço de Rousseau para manter a calma. Ele respondeu: "Já paguei o que devia para Aragon". O outro insistiu: "Pagou à pessoa errada, tem que pagar de novo". Rousseau empalideceu, alegou que não tinha a quantia em casa, mas o rechonchudo do terno marrom o desmentiu: "É mentira. Eu te segui depois que você saiu da delegacia e vi quando tirou grana no caixa automático. Vi que você pegou quinhentão".

A situação estava se tornando delicada. A tensão crescia. O devedor cometeu o erro de, naquelas circunstâncias, esquivar-se a entregar o dinheiro: negou que estivesse com ele. Os dois recém-chegados o agarraram e o revistaram à força. Não encontraram a grana: ele tinha tido tempo de guardá-la em algum lugar. O rechonchudo o interpelou: "Nós não podemos perder tempo. Diga logo onde você meteu as quinhentas pratas".

Rousseau, em desespero, apelou para mim: "Sdruws, você não faz nada? Faça alguma coisa, seu cretino!". Respondi que estava com o braço quebrado, não podia mesmo fazer nada. Um dos "cobradores" achou graça. O outro deu no devedor renitente um espetacular soco no olho. Rousseau soltou um gemido que parecia o uivo de um lobo moribundo e dobrou os joelhos. Os agressores o puseram de pé novamente, ameaçaram bater mais e ele então falou: "Está na gaveta de cima daquele armário ali, no meio dos guardanapos".

O cara do terno marrom foi verificar, achou as notas, conferiu e comunicou ao colega: "Oba, aqui tem oitocentos". Confiscou o dinheiro e avisou a Rousseau: "Agora você já tem crédito para a próxima encomenda".

Liquidada a pendenga, os dois largaram o morador do bangalô em cima do sofá e olharam para mim. Houve um silêncio pesado no ambiente. Eu podia adivinhar o que eles estavam pensando: "O que fazer com esse sujeito?". Resolvi intervir na reflexão. Disse-lhes: "É bom vocês se apressarem. Quanto mais rápido forem embora, menor é o risco de serem presos. A polícia pode chegar a qualquer momento". A sugestão foi convincente. Sem se despedir, eles partiram.

Então, pude prestar alguma assistência ao combalido Rousseau. Ajudei-o a se levantar e lhe dei amparo na caminhada até a recepção do hotel. Compúnhamos um quadro pungente: o roto se apoiando no esfarrapado. Não trocamos nenhuma palavra enquanto andávamos.

Saint-Ex levou um susto quando nos viu, mas logo providenciou assistência médica para o anjo ferido. Enquanto esperávamos a chegada do médico, não pude resistir à tentação de fazer um comentário maldoso, vingativo. Debrucei-me sobre Rousseau e sussurrei-lhe: "Seu olho está parecendo um daqueles cogumelos shitake que você me obrigou a comer no restaurantezinho japonês".

SAINT-EX:

Pouco antes do jantar, Sdruws me apareceu, trazendo Rousseau com um hematoma no olho. Nunca vi um criador de casos com tamanha capacidade de perturbar a vida alheia como esse sujeito. Rezo todos os dias para que ele vá logo embora. Eu tinha acabado de falar com o patrão no telefone, dando conta da instalação do equipamento emissor e receptor de televisão na sala de reuniões do hotel (o patrão faz questão de acompanhar ao vivo, de lá da casa dele, na capital, a reunião de amanhã), e havia recebido as últimas instruções do delegado para a preparação do encontro, quando Sdruws me trouxe o novo problema: providenciei atendimento médico e mandei um dos policiais escoltar Rousseau até a delegacia, para o registro da ocorrência.

Sdruws ainda queria falar alguma coisa comigo, mas não havia como escutá-lo naquele momento. Mal ele abriu a boca, chegaram duas reclamações: uma de um casal de turistas argentinos, o sr. e a sra. Blastino, que deram pelo desaparecimento da câmera fotográfica deles, no restaurante, e outra de uma senhora americana aposentada, Mrs. Dulles, que queria trocar de quarto, porque onde ela estava a água do chuveiro não era suficientemente quente.

Pedi licença a ele, com toda a educação, e despachei-o. Tenho minhas tarefas profissionais, não sou um criado permanentemente à disposição do investigador. Além disso, não sou idiota: já percebi que quem manda mesmo é quem sempre mandou: o delegado. Acho mais conveniente obedecer às ordens dele do que ficar seguindo, a cada passo, as instruções que Sdruws pretende me dar.

DRICA:

Fiquei com pena de ter que me afastar da cena da grande aventura, deixando Sdruws sozinho justamente na véspera do ato final. Mas não havia outro jeito. Precisava fazer a visita semanal ao meu pai, que vive com minha irmã mais velha num subúrbio de Muirapiranga.

Meu pai está muito velho, tem noventa e três anos, é aposentado, recebe uma pensão miserável. Minha irmã, Genoveva, cuida dele. Embora se mantenha, em diversas ocasiões, bastante desligado da realidade à sua volta, ele às vezes nos surpreende com observações que o mostram muito atento a certas coisas que estão acontecendo. Nem sempre Genoveva e eu temos sabido como lidar com este fenômeno: no meio de comentários que nos parecem desconexos, delirantes, podem surgir — e surgem! — palpites extremamente interessantes.

Meu pai diz que adora jogar baralho, mas com freqüência se equivoca: pensa que está jogando pôquer numa partida de biriba. Pode acontecer, também, que ele adormeça no meio da partida. No entanto, já o vimos blefar no pôquer e ganhar, com um par de ases, um duelo contra um vizinho que tinha uma trinca de reis.

Um dos hábitos mais arraigados dele é a leitura dos jornais. Em conversa com Genoveva e comigo, de vez em quando faz conjecturas muito bizarras sobre o que lê na imprensa. Interessa-se muito pelas vicissitudes da família real da Inglaterra, pelas descobertas no campo da astronomia e pela crônica policial. Passa horas diante da televisão. Depois, quando lhe perguntamos o que viu, não se lembra de nada.

Quando lhe disse, depois do jantar, que precisava voltar para dormir na Guariroba, porque no dia seguinte, de manhã, ia ser solucionado o caso da morte do escritor, ele me advertiu, sério: "A meu ver, o criminoso é o gerente do hotel, minha filha. O tal Saint-Ex".

Na hora, ri muito. Saint-Ex — observei — não teria cacife para tanto. Enquanto fazia o caminho de volta à Guariroba, entretanto, às dez horas da noite, pensei: afinal, acontecem tantas coisas mais improváveis do que um assassinato cometido por um parvo... Quem sabe o destino nos reservava uma surpresa?

Custei a chegar ao hotel porque na estrada tive um contratempo: o pneu da frente furou, o da esquerda. Ao utilizar o macaco para tirá-lo e colocar o estepe, percebi que o macaco estava com defeito e perdi uns bons quarenta minutos até fazê-lo funcionar. Quando consegui entrar com o carro no estacionamento do hotel, já eram onze e meia.

Passei pela recepção e percebi, com alívio, que Saint-Ex não estava lá, já devia ter ido dormir. Tive receio de que, influenciada pelo palpite do meu pai, eu passasse a olhar para o gerente de um modo diferente, imaginando que ele poderia ser um assassino. Pensei numa situação constrangedora: eu cumprimentando Saint-Ex e ele dizendo: "O que é que há, doutora? Está me olhando hoje de modo meio esquisito...".

SDRUWS:

Drica foi ver o pai. Jantei sozinho. Ataquei um cassoulet maravilhoso, nem muito seco, nem muito mole, com uma discreta cobertura crocante; uma iguaria que mataria de inveja o meu colega espanhol Pepe Carvalho. De sobremesa, uma excelente mousse de maracujá, o fruto da paixão. E para encerrar, um autêntico conhaque.

Sentia-me em boa forma — talvez ainda um pouco cansado, mas o braço não estava me incomodando quase nada e a ferida na perna não doía. Telefonei ao delegado, para definirmos os últimos pontos da reunião de amanhã. Ele aproveitou para me dizer que havia falado a meu respeito com o diretor de um grande colégio em Muirapiranga, a terra das frutinhas vermelhas; o sujeito estava interessado em conversar comigo, talvez pudéssemos acertar um contrato: eu ficaria encarregado de supervisionar a segurança do estabelecimento e enfrentar o problema das drogas. Agradeci e fiquei de pensar no assunto, com declarada simpatia.

Na verdade, não perdi tempo pensando. Telefonei imediatamente para o dono do colégio, marquei uma entrevista para a quinta-feira da semana que vem. O sujeito queria que nós nos encontrássemos já na segunda-feira, mas expliquei que eu precisava ir à capital, tomar algumas providências lá.

Fiz uma caminhada para facilitar a digestão. Passei em revista, na memória, os acontecimentos turbulentos da semana. Relembrei, também, coisas passadas. De repente, me veio à memória um poema de Rilke, um poema em que ele contempla um torso arcaico de Apolo, uma estátua que já não tem nem braços, nem cabeça, nem pernas completas, mas continua a ser um tronco masculino de músculos tensos, exuberantes de vitalidade. O poeta compara o vigor do torso com a sua própria existência cotidiana pouco saudável e se sente interpelado por Apolo, que está lhe mandando um recado: "Precisas mudar de vida".

Fui cedo para a cama; ainda não eram dez e meia quando me deitei. Abri o frigobar. Bebi uma cerveja. Fiquei imaginando como poderia ser a minha vida na Guariroba. A rigor, nada me prende à capital, como nada me prendia ao Rio de Janeiro quando saí de lá. O emprego era relativamente bem remunerado, mas estava me deixando cada vez mais infeliz. A relação pessoal com Bergotte era frustrante e, de fato, acho que nunca existiu. Carlota morreu. As outras mulheres com quem tive algum envolvimento seguiram, cada uma, o caminho delas. Minha solidão era impressionante. A amizade mais antiga que tenho é d. Laurinda, que mora aqui na Guariroba. Por que eu não viria para cá, afinal?

Poderia, se viesse, verificar — sem precipitação — até onde pode ir a relação amorosa com Drica.

Domingo

Toute la forêt est en mouvement; pas un faune qui soit resté dans son terrier.
[*Toda a floresta está em movimento; não há nenhum fauno que tenha ficado em sua toca.*]

Paul Claudel, *L'endormie*, fala de Danse-la-Nuit

Un goût de désastre était en l'air.
[*Um gosto de desastre estava no ar.*]

Louis Aragon, *Le paysan de Paris*

J'ai appelé les fléaux pour m'étouffer avec le sable, le sang.
[*Convoquei as pragas, para sufocar na areia, no sangue.*]

Arthur Rimbaud, *Une saison en enfer*

Le goût de la sérénité est faible chez les hommes traqués.
[*O gosto da serenidade é fraco nos homens encurralados.*]

André Malraux, *La condition humaine*, IV

Ayant senti l'inconvénient de la dépendance, je me promis bien de ne m'y plus exposer.
[*Tendo sentido o inconveniente da dependência, prometi a mim mesmo que não mais me haveria de expor a ela.*]

Jean-Jacques Rousseau, *Les confessions*, VII

Fui à missa das oito, como todos os domingos. A igreja de São Simeão Estilita não estava cheia, mas tinha bastante gente. O povo da Guariroba é muito devoto. O delegado estava lá, como sempre, acompanhado das duas irmãs, duas velhinhas simpáticas, beatas porém descontraídas. Esperei que a missa terminasse para me aproximar dele.

Comuniquei-lhe que no hotel estava tudo preparado para a reunião. Contei que tinha dado ordens para que os funcionários mantivessem a imprensa a distância, conforme as instruções que ele me dera. Nenhum repórter seria autorizado a entrar na sala de reuniões: meus funcionários manteriam os jornalistas longe da porta. E confirmei a instalação do equipamento que o patrão tinha mandado colocar lá, para acompanhar pela televisão, ao vivo, o nosso encontro.

Uma das duas velhinhas aproveitou a ocasião para me dizer que, na sua opinião, a água mineral engarrafada no "nosso" estabelecimento estava com o sabor um pouco diferente, que era preciso ter cuidado com essas alterações. Não adiantava explicar que eu não tenho nada a ver com a empresa que engarrafa a água mineral, embora ela e o hotel pertençam ao mesmo dono. Assegurei-lhe, então, que sua observação seria transmitida, que sua crítica seria levada em conta.

A outra velhinha, possivelmente animada com a acolhida que a irmã tivera, também me abordou, para dizer que o cartaz publicitário afixado na rodoviária estava danificado justamente na parte que indicava o número do telefone do hotel. Era preciso substituí-lo. Respondi-lhe que seria providenciado.

O delegado ouvia tudo num discreto silêncio, com uma expressão que não deixava transparecer nada do que se passava na intimidade dos seus sentimentos.

SDRUWS:

Acordei cedo, bem disposto. Sentia um grande alívio diante do desenlace iminente do caso, que deveria ser solucionado dali a poucas horas. Fui visitar d. Laurinda, que me abençoou. Voltei para o hotel a tempo de tomar um café reforçado em companhia da Drica, o último café da manhã que seria financiado por Bergotte: café com leite, chocolate quente, esplendorosos croissants recheados com presunto, ovos mexidos e queijo derretido, suco de manga, banana caramelada e bolo de abacaxi.

Depois liguei para o delegado, que estava saindo de casa para ir à missa, em companhia das duas irmãs. Acertamos os últimos pontos que tínhamos a acertar para a preparação do encontro.

DRICA:

Durante o café da manhã, Sdruws me disse que estava pensando em vir morar na Guariroba (ou em Muirapiranga). Pediu minha ajuda para procurar um apartamento conveniente, de dois quartos, com aluguel razoável. Estava animado, comeu com entusiasmo.

No final da refeição, telefonou para o delegado e, em seguida, para um advogado, o dr. Patrício Lins e Silva, com quem conversou um bom quarto de hora. Entendi algumas palavras da conversa: "não houve flagrante", "não foi pronunciado", "não houve sequer denúncia", "não há razão para prisão preventiva", coisas assim.

Antes da reunião, por sugestão de Sdruws, fomos visitar seu Hortêncio, que, sem conseguir nos identificar de longe, recebeu-nos com expressão de surpresa. Só quando nos aproximamos seu sorriso deu mostras de nos reconhecer e de se alegrar com a nossa chegada. Sdruws lhe agradeceu a coragem que demonstrara ao dar seu depoimento e os dois se abraçaram, comovidos.

SAINT-EX:

Retornando ao hotel, recebi ordens diretas do patrão, por meio da TV. Embora a aparelhagem recém-instalada só funcionasse pela metade (o patrão nos via, porém nós não o víamos), sua voz soava bem claramente e ele me disse para comunicar aos quatro anjos que decidiu suspender imediatamente a bolsa concedida a cada um deles, que tinham uma semana para ir embora e que as placas com os versos do poeta Max Jacob deveriam ser retiradas da entrada dos bangalôs.

Coube-me a triste tarefa de abrir a reunião comunicando aos quatro hóspedes especiais que, por ordem do patrão, eles não tinham mais nem dinheiro, nem casa, nem comida, nem roupa lavada. Estavam sendo postos sumariamente no olho da rua.

A reação foi violenta. Aragon, tentando agitar os braços agrilhoados, presos pelas algemas, se esgoelava: "Bergotte vai pagar muito caro por isso!". Claudel, sempre sentado meio de lado, anunciou: "Amanhã mesmo o meu advogado vai entrar com um processo judicial contra esse bandido!". Rousseau, com um olho roxo, deblaterava: "É um comportamento típico de sub-raça!". E Malraux, com a cabeça enrolada, como se fosse uma múmia, pedia em altos brados que se deixasse entrar a imprensa, porque queria fazer uma denúncia à opinião pública.

Só consegui aquietá-los quando anunciei que o delegado ia falar.

DELEGADO:

Decididamente, não sou um orador. Detesto falar em público. Como, porém, a reunião tinha sido convocada por mim, era inevitável que eu desse o meu recado. Por isso, venci a inibição e falei.

Comecei por agradecer a todos pelo comparecimento (e imediatamente me dei conta de que o agradecimento parecia irônico, já que as pessoas presentes tinham sido forçadas a ir até lá).

Relatei as diligências, esclareci os procedimentos e as ações empreendidas pela minha equipe. Expliquei que havíamos seguido todas as pistas e averiguado todas as suspeitas. Fomos excluindo as possibilidades. Verificamos que quem havia matado Rimbaud não tinha sido Aragon, cujo álibi fora confirmado pelo garçom Creonte. Rousseau também não, apesar da camisa verde-escura, que iludiu de longe os olhos cansados do jardineiro Hortêncio. (Sugeri, aliás, que o hotel enviasse o jardineiro a um bom oculista e arcasse com a despesa da consulta e da confecção de um par de óculos.)

Insisti na sucessão das exclusões: quem havia matado Rimbaud não tinha sido Claudel, nem Malraux, que estivera no local onde Rimbaud jazia, morto, e se apropriara indebitamente de um canivete (já recuperado) pertencente à vítima. A conclusão que se impunha, então, era a de que o responsável pelo homicídio não havia sido nenhum dos quatro sobreviventes da Associação Nacional dos Grandes Escritores.

Acrescentei que havíamos procurado identificar o culpado em outras direções e tínhamos concluído que Rimbaud não fora assassinado por agentes do tráfico de drogas. E mais: minha equipe tinha averiguado que o assassino não era nem Rosinha, nem Saint-Ex, nem nenhum outro integrante do staff do hotel.

Houve uma pausa, todos se mantinham em silêncio. Podia-se ouvir a respiração das pessoas. Mais um pouquinho e daria até para ouvir o coração dos circunstantes batendo forte.

Resolvi, então, encerrar a minha fala e disse: "Todos os indícios convergem para a mesma pessoa — o investigador Sdruws, aqui presente. Ficou provado que ele veio da capital no dia da morte de Rimbaud. Esteve com Rimbaud no belvedere, empurrou-o lá de cima, chamando-o de 'filho da puta' (sua voz, depois de uma compreensível hesitação inicial, acabou sendo reconhecida pela moça Rosinha). O próprio Sdruws já admitiu a autoria do feito e tem alegações bastante razoáveis em sua defesa".

"Depois de ter pedido e obtido uma prorrogação no prazo" — prossegui —, "considero encerrado o inquérito e amanhã vou encaminhá-lo ao Ministério Público. O promotor deve denunciar o acusado por homicídio e, depois de uma primeira fase de ação da defesa, caberá ao juiz decidir se o acusado deve ser pronunciado ou não. Se for pronunciado, Sdruws será julgado por um corpo de jurados. Se não for pronunciado, estará sumariamente absolvido, ou então poderá vir a ser julgado por outro delito cuja avaliação não caiba ao júri e sim a um juiz togado."

Fiz um agradecimento especial a Sdruws pela colaboração prestada à minha equipe na captura de alguns traficantes e esclareci que, em função de sua atitude de cooperação conosco, eu o havia deixado agir com liberdade, a seu pedido, para que ele terminasse a missão de que fora encarregado.

Por fim, passei-lhe a palavra, pedindo que explicasse em que consistia, exatamente, a tarefa de que fora incumbido.

SDRUWS:

Aproveitei a oportunidade para dizer tudo aquilo

que queria dizer. Comecei por lembrar meus anos de faculdade: eu cursava direito, mas o que me entusiasmava era, de fato, a literatura. Descobri, fascinado, a poesia, o romance, o teatro, a ficção em geral. Dedicava poucos minutos aos textos jurídicos e muitas horas aos grandes escritores. Tornei-me um advogado medíocre, mas adquiri uma base cultural relativamente rica em matéria literária.

Naquela época — expliquei — não tinha nenhum contato com escritores. Por isso, formou-se no meu espírito a convicção de que o talento deles seria um indício de qualidades humanas superiores. Quem tinha inspiração, devia ter também caráter, integridade, grandeza. Durante muito tempo, inconscientemente, recusei-me a enxergar as inúmeras evidências de que as coisas não eram como eu supunha. Até que entrei em contato com Bergotte e seus protegidos, ali presentes.

O grupo me ouvia, tenso, mas sem interromper. Prossegui num tom duro. Voltando-me para os anjos, acusei-os: disse-lhes que eram tipos humanos insalubres, deletérios, oportunistas, aproveitadores, monstros de egoísmo e de mesquinharia. Disse-lhes que Claudel, Malraux e Rousseau tinham merecido os castigos físicos que os haviam estropiado. E que Aragon certamente merecia estar na cadeia.

Houve um rugido de cólera na sala. Malraux gritou: "Você também está com o braço quebrado e com a perna furada, seu crápula!". Logo, porém, retomei o fio da minha fala. Mais forte do que a irritação era a curiosidade deles acerca do que eu estava para lhes revelar.

Contei-lhes que, a pretexto de me enviar para a Guariroba com a missão de investigar a morte de Rimbaud, o que Bergotte queria era um relatório objetivo sobre as atividades literárias deles. Queria saber a quantas andava a criatividade, em que pé estava a produção. No fundo, o que o mecenas pretendia era obter uma confirmação para aquilo que já estava farto de saber: os que se beneficiavam da sua ajuda tinham morrido como escritores (se é que antes existira algum escritor realmente vivo dentro deles). Novos sinais sonoros de protesto me interromperam. Aragon, algemado, levantou-se e me interpelou: "Conte-nos como foi que você assassinou Rimbaud!".

Respondi que tudo havia acontecido da maneira mais simples. Por acaso, eu tinha chegado da capital meio enjoado, tinha desistido de almoçar e tive vontade de rever a queda-d'água do hotel. Chegando no belvedere, encontrei Rimbaud sozinho. Discutimos em voz baixa. Eu estava com muita raiva dele pelo que ele tinha feito com Carlota. Quando o cara negou que o bebê que ela estava esperando fosse dele, desafiei-o a se submeter ao teste de DNA. Ele recusou. Eu lhe disse: "Isso prova que você é um canalha". Nesse momento, ele tirou do bolso o canivete e me feriu na ilharga. Por puro reflexo, para me defender, empurrei-o e gritei: "Seu filho da puta!". Ele caiu lá de cima e morreu.

O delegado fez um aparte, advertindo que, embora não houvesse testemunhas, o canivete fora recuperado e o exame dos resíduos encontrados na lâmina mostrara que o sangue era efetivamente meu. Malraux deu um salto na cadeira e bradou: "O sangue é dele, sim, mas fui eu que o feri com esse canivete!". O delegado, imperturbável, retrucou: "Pode ser. Mas o sangue encontrado na unha do polegar da mão direita do morto também é de Sdruws".

Rousseau, irritadíssimo, interpelou o delegado: "Por que o assassino confesso não está preso?". A resposta manteve o tom tranqüilo: "Não houve flagrante. O indiciado está à disposição da Justiça, não tentou fugir e até tem colaborado conosco. Sua prisão preventiva não foi solicitada. Por que deveríamos prendê-lo?".

Rousseau, então, dirigindo-se a mim, perguntou: "Se você matou Rimbaud em legítima defesa, por que fingiu que estava apurando o crime? Por que não confessou logo a autoria ao delegado?". Esclareci que procurei ganhar tempo para averiguar a situação de cada um dos anjos, para verificar o nível de degradação a que cada um tinha chegado.

Nova onda de impropérios se formou. O tumulto ameaçava se generalizar. A cara assustada de Rosinha e a expressão absolutamente atarantada de seu Hortêncio me davam vontade de rir, mas eu tinha que me controlar. A gritaria se tornou insuportável. Nessa hora, abri os braços, dramaticamente, e berrei: "Reconheço que a culpa não é toda de vocês".

O barulho logo diminuiu, até se extinguir. Então, expliquei que a meu ver havia um grande responsável pela degradação: um sujeito que dispunha de uma imensa riqueza e de um enorme poder. Sem inocentá-los pela crapulice que vinham demonstrando, eu não podia deixar de apontar a participação decisiva do milionário Bergotte no processo de acanalhamento dos escritores recrutados pela ANGE.

Voltei-me para a câmera que estava transmitindo o som e as imagens para a casa do patrão de Saint-Ex na capital. Sintomaticamente, o aparelho estava funcionando em sistema de mão única: Bergotte nos via e nos ouvia, mas nós, que inicialmente não o víamos, a partir da fala do delegado já não conseguíamos vê-lo nem ouvi-lo. Anunciei com voz firme que a partir daquele momento não trabalhava mais para ele. Pedi minha demissão imediata e ainda o provoquei, dizendo-lhe que, se quisesse, descontasse o aviso prévio. Argumentei que, a partir do momento em que enxergava toda a sua hediondez moral, não podia mais continuar a ser o encarregado da sua segurança pessoal.

Falei: "Se existem corruptos, é porque existe um corruptor. Você, Bergotte, com seu mecenato paternalista delirantemente autoritário, com sua necessidade de manipular o comportamento dos outros, você montou o sistema que resultou na degradação. Como dizia aquele lorde inglês (esqueci o nome dele), o poder corrompe, o poder absoluto corrompe absolutamente. Antes de destruir eticamente esses tipos desfibrados, você se destruiu como pessoa. Até o que você tinha de melhor — sua paixão gratuita pela literatura francesa — sofreu o emporcalhamento resultante de um uso comprometido com a expansão da sua ânsia de dominar os outros. Isolando esses subliteratos aqui nesta prisão, confortável mas sufocante, você não os ajudou a crescer como escritores;

ao contrário, criou condições nas quais eles mostraram o que havia neles de pior. Você promoveu toda essa deterioração, Bergotte".

DRICA:

Depois de ter falado sobre os milionários e a tendência deles a se tornarem tipos humanos profundamente deformados, Sdruws agradeceu o delegado pela paciência, agradeceu os circunstantes pela atenção e se despediu, deixando atrás dele um grupo de criaturas perplexas, que nem sequer se animavam a deblaterar.

Durante alguns segundos, fiquei atônita, como que paralisada pela surpresa. Precisava de algum tempo para digerir a informação que o delegado nos trouxera e que fora confirmada pelo próprio Sdruws.

Em seguida, porém, me dei conta de que já conhecia da personalidade dele o suficiente para acreditar na sua explicação, na verdade do seu relato. O afeto que me inspirava podia ser, afinal, um meio de compreendê-lo. Não havia nenhum motivo para eu me afastar, num momento em que ele com certeza precisava de apoio. Percebi que Sdruws tinha se tornado importante para mim e que estava na hora de fazê-lo entender que eu podia ser importante para ele.

Como se fosse um raio cortando o céu, tive a visão de como nos últimos dez anos, desde que abandonara o curso de medicina e fizera o curso de formação como fisioterapeuta, eu tinha multiplicado ligações superficiais, gostosas mas inconseqüentes, com parceiros do sexo masculino. E, em contraste com esse lado da minha trajetória, percebi com nitidez que estava disposta, agora, a tentar desenvolver com Sdruws um vínculo mais profundo. Alguma coisa dentro de mim me disse que valia a pena correr o risco de — como dizem os poetas — "viver um grande amor".

Corri no seu encalço. Vi-o atravessando a rua. Observei suas costas largas, seu andar pesado de urso, sua figura rude. Parecia um estivador! Não pude deixar de me perguntar se fazia sentido eu me apaixonar por um tipo como ele. Sdruws não combinava comigo, com os sonhos românticos que eu tinha tido na minha adolescência. Não combinava também com o tipo de homem que me atraía na vida adulta.

Tive momentaneamente a sensação absurda de que eu não era eu. Cheguei a imaginar que eu era uma personagem de ficção, uma figura criada por algum escritor empolgado que me usava como marionete para fazer o que ele, demiurgicamente, determinava. Mesmo assim, continuei correndo atrás de Sdruws.

Alcancei-o na praça. Ainda ofegante, acompanhei-o na caminhada que fazia, descendo a rua do Paletó Corajoso. Quando recuperei o fôlego, perguntei-lhe o que pretendia fazer. E ele me disse: "Almoçar com você".

Arthur Rimbaud nasceu em Charleville, no Norte da França, no dia 20 de outubro de 1854. Muito precoce, aos quinze anos de idade ganhou um prêmio e já começou a ser admirado como poeta. Foi um adolescente rebelde: fugiu de casa várias vezes, mas sempre era recapturado e trazido de volta. Por fim, conseguiu se instalar em Paris. Teve uma tumultuada ligação amorosa com o também poeta Paul Verlaine, dez anos mais velho do que ele. Verlaine chegou a feri-lo no punho esquerdo com um tiro de revólver.

Na juventude, Rimbaud morou em Paris, Londres, Bruxelas, Stuttgart, Milão e Hamburgo (onde trabalhou num circo). Morou também na ilha de Chipre. Em 1876, engajou-se no exército colonial francês, que o mandou para Java; depois de desertar, retornou à França.

Passou os seus últimos dez anos de vida no Norte da África, no Egito e, sobretudo, na Etiópia (Abissínia). Envolveu-se com o tráfico de armas e chefiou caravanas perigosas.

Em 1891, um câncer ósseo o levou de volta à França; sua perna direita precisou ser amputada. Morreu em 10 de novembro desse mesmo ano.

A obra de Rimbaud, considerada um marco na história da poesia ocidental, foi toda escrita antes que ele completasse vinte anos. Quando escreveu "O barco bêbado" [Le bateau ivre], ainda não tinha dezessete; quando pôs no papel os versos famosos de *Iluminações* [*Illuminations*] e *Uma temporada no inferno* [*Une saison en enfer*], estava com dezenove.

Sua poesia, como observou Antonio Candido, é difícil: parece "feita para despistar leitores e desanimar intérpretes, que geralmente são obrigados a ficar nas aproximações e hipóteses vagas, propondo leituras que logo se desfazem" (*Folha de S.Paulo*, 9/11/1991).

Jean-Jacques Rousseau nasceu em Genebra, na Suíça, em 28 de junho de 1712. Aos trinta anos foi morar em Paris, onde conheceu Diderot e os enciclopedistas. Um prêmio literário concedido ao seu *Discurso sobre as ciências e as artes* (1749) fez dele uma celebridade. Em sua produção filosófica e ensaística destacam-se o *Discurso sobre a origem da desigualdade* (1755), a *Nova Heloísa* (1761), o *Emílio* e o *Contrato social* (1762). Forçado a sair de Paris, publicou em 1771 as *Confissões*. Morreu em 1778. Suas reflexões sobre a propriedade privada vieram a exercer notável influência sobre os socialistas no século seguinte.

Paul Claudel nasceu em 6 de agosto de 1868, em Villeneuve-sur-Fère, na região de Aisne, na França. Combinava a literatura, que cultivou ao longo de mais de sessenta anos, com um forte sentimento católico e com o exercício da profissão diplomática. A serviço do Ministério das Relações Exteriores, viveu em diversos países: Estados Unidos, China, Áustria, Alemanha, Itália, Dinamarca, Bélgica e Brasil (Rio de Janeiro). Além de poesia, escreveu peças de teatro muito elogiadas pela crítica, como *O anúncio feito a Maria* (1912), *O sapato de seda* (1929) e *A história de Tobias e Sara* (1942). Morreu em 1955.

Louis Aragon é parisiense, nascido em 3 de outubro de 1897. Nos anos 20, participou intensamente do movimento surrealista ao lado de André Breton, de quem depois se afastou para aderir ao Partido Comunista francês (em 1931). Durante a ocupação da França pelas tropas nazistas, na Segunda Guerra Mundial, Aragon escreveu e divulgou clandestinamente poemas que tiveram enorme repercussão. Além de poeta, foi também ensaísta e romancista. Seus romances mais conhecidos são *O camponês de Paris* (1926), *Aurelien* (1945), *Os comunistas* (1949–51) e *A Semana Santa* (1958). Morreu em 1982.

André Malraux, tal como Aragon, é parisiense. Nasceu em 3 de novembro de 1901. Fascinado desde cedo por antigüidades e pelas culturas orientais, viveu algum tempo na China e na Indochina. Comunista nos anos 20 e 30, participou da defesa da República, na Guerra Civil Espanhola (1936–39). Depois, tornou-se um fiel colaborador do general De Gaulle. Malraux, que morreu em 1976, é o autor de romances famosos como *A estrada* real (1930), *A condição humana* (1933) e *A esperança* (1937), que aproveitam suas experiências vividas no *Oriente* e na *Espanha*. E é também o autor de ensaios sobre arte que tiveram grande impacto, como *O museu imaginário* (1947) e *As vozes do silêncio* (1951), além de ter publicado um volume de *Antimemórias* (1967).

L. K.

SOBRE O AUTOR

Leandro Konder é filósofo. Nasceu em 1936, em Petrópolis (RJ). Formou-se em direito em 1958, exercendo a profissão primeiro como advogado criminalista. Em seguida, como advogado trabalhista, foi demitido dos sindicatos onde trabalhava, em decorrência do golpe militar de 1964. Forçado a sair do Brasil em 1972, morou na Alemanha, onde trabalhou na Universidade de Bonn, e na França. Voltou ao país em 1978. Terminou o doutorado em filosofia em 1984, na Universidade Federal do Rio de Janeiro. De 1984 a 1997 lecionou no Departamento de História dessa instituição. Desde 1985 é professor do Departamento de Educação da Pontifícia Universidade Católica do Rio de Janeiro. Possui mais de vinte livros publicados, a maioria sobre temas ligados à história das idéias socialistas.

1ª EDIÇÃO [2000] 1 reimpressão

ESTA OBRA FOI COMPOSTA EM FILOSOFIA, TEVE SEUS FILMES GERADOS PELO BUREAU 34 E FOI IMPRESSA PELA HAMBURG DONNELLEY GRÁFICA EDITORA EM OFF-SET SOBRE PAPEL PÓLEN BOLD DA COMPANHIA SUZANO PARA A EDITORA SCHWARCZ EM MARÇO DE 2000